动物庄园

[英] 乔治·奥威尔 著
郝海龙 译

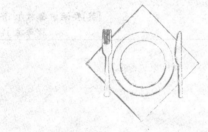

华中科技大学出版社
http://press.hust.edu.cn
中国·武汉

图书在版编目(CIP)数据

动物庄园 /（英）奥威尔 著; 郝海龙 译. —武汉：华中科技大学出版社, 2015.7（2025.2重印）
（奥威尔作品集）
ISBN 978-7-5680-1133-4

Ⅰ.①动… Ⅱ.①奥…②郝… Ⅲ.①长篇小说—英国—现代 Ⅳ.①I561.45

中国版本图书馆CIP数据核字(2015)第185858号

动物庄园   [英]乔治·奥威尔 著
Dongwu Zhuangyuan   郝海龙 译

策划编辑：刘晚成
责任编辑：刘晚成
特约编辑：郝海龙
装帧设计：喃 风
责任校对：李 琴
责任监印：朱 玢
出版发行：华中科技大学出版社（中国·武汉）电话：（027）81321913
            武汉市东湖新技术开发区华工科技园　　　邮编：430223
印　　刷：武汉精一佳印刷有限公司
开　　本：787mm×1092mm　1/32
印　　张：5.375
字　　数：73千字
版　　次：2025年2月第1版第12次印刷
定　　价：26.00元

本书若有印装质量问题，请向出版社营销中心调换
全国免费服务热线：400-6679-118　竭诚为您服务
版权所有　侵权必究

主要译名对照表

I. 猪

老麦哲 Old Major	本意为"老少校",他的演讲为动物起义奠定了理论基础。书中常简称为"麦哲"。
拿破仑 Napoleon	动物庄园最高领袖,实际掌权者。
斯诺鲍 Snowball	本意为"雪球",动物庄园前期领袖之一,后被拿破仑驱逐。
斯奎拉 Squealer	本意为"发出尖叫的人",也有"打小报告的人""号角"的意思,动物庄园领袖之一,主要负责政治宣传工作。
米尼莫斯 Minimus	本意为"最小的东西",善于写诗,主要工作是为拿破仑写赞歌。
品客艾 Pinkeye	本意为"红眼",负责为拿破仑试吃食物,以防拿破仑被下毒。

II. 马、驴

布克瑟 Boxer	本意为"拳击手",公马,动物庄园最忠心、勤恳的劳动者,临近退休时被拿破仑卖到屠马场。

克莱弗 Clover	本意为"苜蓿"，母马，布克瑟最为亲密的朋友。
莫丽 Mollie	为琼斯拉车的白色小母马，后叛逃出动物庄园。
本杰明 Benjamin	驴，动物庄园年龄最大、脾气古怪的动物。

III. 其他动物

穆里尔 Muriel	山羊，常与本杰明、克莱弗在一起的白色母山羊。
布鲁贝尔 Bluebell	本意是"风铃草"，母狗。
杰西 Jessie	母狗。
品彻 Pincher	本意是"钳子"，公狗。
摩西 Moses	乌鸦。

IV. 人

琼斯 Jones	曼娜庄园（Manor Farm，动物庄园本名）在动物起义之前的庄园主。
皮尔金顿 Pilkington	与动物庄园相邻的福克斯伍德庄园（Foxwood Farm）庄园主。
弗里德里克 Frederick	与动物庄园相邻的品彻菲尔德庄园（Pinchfield Farm）庄园主。
温伯尔 Whymper	威灵登的生意人，长期担任动物庄园与外界联系的中间人。

George Orwell

自由的保障，良知的坚守

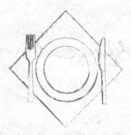

Animal Farm

All animals are equal,
but some animals are
more equal than others.

目 录

001　第一章
015　第二章
029　第三章
041　第四章
051　第五章
067　第六章
081　第七章
099　第八章
121　第九章
139　第十章
157　译后记

第一章

这天晚上，曼娜庄园庄园主琼斯先生锁上了鸡舍，但因为喝醉酒而忘记关上牲口进出的小门洞。在马灯摇曳的光芒下，琼斯先生步履蹒跚地穿过院子，在后门口踢掉自己的靴子，去洗碗间喝干了桶里最后一杯啤酒，摸索着上了床，而此时床上的琼斯太太早已鼾声如雷了。

当卧室的灯光熄灭的时候，一阵躁动划过整个庄园。白天大家就在传言：得过"中等白鬃"奖的老麦哲在前一天晚上做了一个奇怪的梦，很想就此与其他动物交流。大家一致同意，在确保琼斯先生离开之后，在大谷仓集合。老麦哲（他一直被这么称呼，尽管当时他参展用的名字是"威灵登美人"）在庄园中威望很高，大家都乐意牺牲掉一小时的睡眠时间来听他讲话。

第一章

在大谷仓的一角有一块凸起的平台,上面是用稻草铺好的垫子,麦哲已经坐在那里,头顶的横梁上挂着一盏马灯。他已经十二岁了,最近有点发福,但是仍可以说是一头威严的猪。尽管长着长长的獠牙,但他的面容透着智慧和慈祥。不多久,别的动物陆续到达,并按他们自己舒服的方式坐稳了。最先来的是三条狗——布鲁贝尔、杰西和品彻,然后是猪,他们很快在讲台前面的稻草上就座。鸡卧在窗台上,鸽子飞到了屋椽上,羊和牛则坐在猪后面,嘴里还在反刍食物。两匹拉车的马——布克瑟和克莱弗——是结伴来的,他们走得非常慢,每次都轻轻地放下毛茸茸的大蹄子,生怕稻草里藏着什么小动物。克莱弗是一匹已经做了母亲的胖胖的母马,她年近中年,自她生第四胎后体型就没恢复过。布克瑟身材高大,大约有两米高的个头,大概有两匹普通马加起来那么壮,鼻子上延伸出的一条白纹让他看起来笨笨的,事实上他也没有一流的智慧,但他凭借自己坚毅的品质和辛勤的劳作赢得了广泛的尊敬。随后到达的是白山羊穆里尔和一头叫本杰明的驴。本杰明是庄园中最老的动物，同时也是脾气最坏的。他很少说话，但开口也不会有什么好话，比如，他会说上帝给了他一条尾巴让他驱赶苍蝇，但是他宁肯既没有尾巴也没有苍蝇。在庄园的所有动物中，只有他从来没有笑过。如果有谁问起他为什么不笑，他会说没有什么好笑的。不过，尽管他从来没有公开承认过，但是他对布克瑟却很热诚。他俩经常会在星期天一起去果园后面的小牧场，并肩吃草，却从不交谈。

那两匹马刚卧好，一群失去了妈妈的小鸭子列队走进了谷仓，他们边走边发出微弱的吱吱声，为找到一个不会被踩到的地方徘徊了很久。克莱弗用她巨大的前肢把他们围住，小鸭子们很舒服地偎依其中，并很快进入了梦乡。然后，那头给琼斯先生拉车的傻乎乎的白色母马莫丽袅袅婷婷地走了进来，嘴里还不忘嚼一块糖。刚在前面寻到一个位置，她就开始摆动她的白色鬃毛，希望大家能注意到编在上面的红绶带。最后来的是那只猫，她像往常一样四处寻找最暖和的地方。最终她挤在了布克瑟和克莱弗中间，整场演

第一章

讲中,她一直在那里心满意足地发出咕咕的喉音,没有听麦哲一句话。

除了那只被驯服的乌鸦摩西,所有的动物都已到场,此刻乌鸦正睡在后门后面的一个架子上。在麦哲看到大家都已入座,正在聚精会神地等待他之后,他清了一下嗓子开始讲话:

"同志们,你们已经听说了,昨天晚上,我做了一个奇怪的梦。但在讲这个梦之前,我想先讲点别的。同志们,我感觉我将不久于世,在我死之前,我有必要给大家传授一些我领悟到的哲理。我活了很久,所以我有很长的时间独自在屋里思考。我想我对这个世界的生活本质的了解比生活在这片土地的任何一个动物都多。这就是今天我想告诉大家的。

"同志们,我们现在的生活是什么样子的?让我们看看,我们的生命痛苦、劳累并且短暂。我们出生后,被那些人强迫工作,直到用尽最后一丝力气,而他们给我们的仅仅是少到只能维持生命的食物;当我们变得无用时,立马就会被他们残忍地屠杀。任何一个英格兰的动物在他一岁以后都不会再感受快乐和闲适。任何一个英格兰的动物都没有自由。动物的一生就是痛苦和被奴役的一生,这是一个不争的事实。

"但自然法则就是这样的吗?难道是因为这片土地过于贫瘠以至于不能让我们过上体面的生活?不,同志们,一千个不!英格兰土地肥沃,气候适宜,现在生活在这里的动物的数量远远没有达到这片土地可以养活的最大数量。仅仅这个庄园就可以养活十二匹马、二十头牛、成百上千的羊,并让他们过上我们难以想象的舒适体面的生活。可为什么我们的生活如此糟糕呢?因为我们所有的劳动成果几乎都被人类窃取了。同志们,这就是我们所有问题的答案。一切都可以归结为一个词——人类。我们真正的敌人只有人类。把人类赶走,我们将永远不再有饥饿和过度的劳作。

"人是唯一只消费不生产的生物。他不产奶,不下蛋,羸弱的身体拉不了犁,跑起来慢得连兔子也

第 一 章

抓不到。然而他却是所有动物的主人。他驱使动物们工作，除了给他们少得可怜的食物以避免他们饿死之外，剩余的一切都收归他自己所有。我们在土地上劳作，用我们的粪便给土地施肥，而我们唯一能拥有的不过是自己身上的那张皮。在我面前的这些牛，你们去年共产了几千加仑①的奶？要是这些奶都用来哺育我们的小牛呢？可是每一滴都流进了我们敌人的喉咙。还有母鸡，你们去年共下了多少蛋？又孵出了多少小鸡呢？其余都在市场上变成钱落进了琼斯和他的雇工的口袋。还有你，克莱弗，你生的四个小马驹哪去了？谁来赡养你，让你安度晚年呢？他们每一个都在一岁的时候被卖了——你再也见不到他们中的任何一个了。作为你生育和在地里劳作的回报，除了少得可怜的一些草料和一间马厩之外，还有什么呢？

"这种不幸的生活甚至不让我们正常死亡。我没有什么可抱怨的，因为我是这里面最幸运的一个。

---

① 加仑，英美制容量单位，英制1加仑约为4.5升，美制1加仑约为3.8升。

我十二岁了，有超过四百个孩子。这就是一头猪最正常的一生。但是没有动物最终能逃过那残忍的屠刀。坐在我面前的这些小猪，你们每一个都将在一年内在砧板上尖叫着失去生命。我们都要面对可怕的现实：牛、猪、鸡、羊，一个都不剩，甚至连马和狗也不能幸免。布克瑟，在你失掉你有力的肌肉的那一天，琼斯会把你卖给屠夫，你会被屠宰为猎狗的美餐。至于狗呢，当他们老得掉牙的时候，琼斯会在他们脖子上系一块砖头，让他们沉入最近的池塘。

"这些难道不是显而易见的吗，同志们？所有这些罪恶的根源就是人类的暴行。只有摆脱人类的统治，我们才能把劳动成果收归己有。我们可以在一夜之间变得富裕和自由。那么我们要做什么？为什么我们没日没夜地从身体到灵魂都为人类的挥霍而劳作呢？这就是我要告诉大家的，同志们，起义吧！我不知道起义什么时候会到来，可能在一周内，也可能要等一百年。但是有一点我很清楚，就像我清楚地知道我脚下有稻草一样，那就是正义终将到来。同志们，

第一章

请在你短暂的余生正视它！最重要的是，你们要把我今天告诉你们的信息传递下去，让下一代坚持奋斗，直到胜利。

"请记住，同志们，你们的决心不可动摇。任何理由都不能让你们误入歧途。永远不要相信人类与动物有共同的利益，什么'人的荣耀就是大家的荣耀'，全都是谎言。人类只会关心他们自己。我们动物要团结一致，在战斗中要有纯洁的同志之谊。所有的人都是敌人，所有的动物都是同志。"

这时会场上有一阵骚动。在麦哲讲话的时候，四只大老鼠悄悄溜出洞并且坐在他们自己的后腿上，聆听演讲。狗突然看见了他们，在一声与洞口的碰撞声之后，老鼠才保住了性命。麦哲举起蹄子示意大家安静。

"同志们，"他说，"有一点必须明确。野生的动物，比如老鼠和兔子，他们是我们的朋友还是敌人呢？让我们来表决一下。我在会上提出这个问题：老鼠是同志吗？"

表决结果很快出来了，绝大多数认为老鼠是同

志。只有四票反对,三条狗和一只猫,后来发现他们在两次表决时都举手了。麦哲继续道:

"我还有一点话要讲。我仅重复一遍,永远记住你们对人类以及所有人类行为的仇恨。只要是两条腿走路的都是敌人。只要用四条腿走路的,或者是有翅膀的,都是朋友。还要记住,我们要与人类作斗争,永远不要变得和他们一样。即使我们征服了他们,也不要接受他们的恶习。所有动物都不得住在房子里,也不能睡在床上,不能穿衣服,也不能喝酒,不能抽烟,不能碰钱,不能进行商业活动。人类所有的习惯都是罪恶的。最重要的是,所有动物都不得欺压同类。无论强壮与否,聪明与否,我们都是兄弟。任何动物不得杀害别的动物。所有动物一律平等。

"同志们,现在说说我昨天晚上的那个梦吧。我无法向你们描述它。那是一个关于没有人类的世界的梦。但是它让我想起了一些我已经忘记了很久的事情。

"许多年前,当我还是一头小猪的时候,我的

第一章

妈妈和别的母猪经常传唱一首老歌,她们只知道调子和歌词的前三个单词。我曾在年幼的时候记得歌的调子,但已经忘记它很久了。然而,昨天晚上,它在我梦中浮现,而且,还有那首歌的歌词。我确定,这首歌在很久之前曾在动物中传唱,但已经失传好几代了。同志们,现在我要把那首歌唱给大家听。我老了,嗓音有些沙哑,但当我把这首歌唱给大家听后,大家就可以唱得比我更好。歌名叫作《英格兰兽》。"

老麦哲清了清嗓子开始唱歌。正如他所说,他的嗓子有点沙哑,但他唱得已经够好了,慷慨激昂的旋律介于《克莱门泰》(*Clementine*)和《蟑螂》(*La Cucaracha*)之间。歌词如下:

英格兰兽,爱尔兰兽
普天之下所有的兽
请聆听我的好消息
关于我们闪耀的未来

迟早会有那么一天

人类的统治将被推翻

所有英格兰的果园

都只让兽类徘徊

鼻子中不再有环

背上不再有鞍

嚼子和马刺永远生锈

残忍的鞭子也被打断

难以想象的富足生活

小麦、大麦、燕麦、牧草

苜蓿、豆子，还有甜菜

所有这些都可无偿获得

光明将洒满英格兰

泉水会更加纯净

微风也会拂来丝丝香甜

第一章

在我们自由的那一天

为了那一天我们要全力以赴
直至死亡也不能停止
母牛、马、天鹅,还有火鸡
每一个都要为自由而战

英格兰兽,爱尔兰兽
普天之下所有的兽
请仔细听好并将它广为流传
关于我们闪耀的未来

  歌声穿过动物群,群情振奋。几乎不等老麦哲唱完,他们就自己唱了起来。即便是他们中最笨的也可以用几个单词哼哼调子,而比较聪明的一些动物,比如猪和狗,在听了几分钟后就可以完全唱下整首歌。然后,在试了几次之后,整个庄园响起了《英格兰兽》。牛哞哞地唱,狗呜呜地唱,羊咩咩地唱,马唉咳地唱，鸭子嘎嘎地唱。他们太兴奋了，一口气连唱了五遍，如果不是被打断的话，肯定会唱整整一夜。

不幸的是，喧嚣吵醒了琼斯先生，他从床上跳起，还以为是一只狐狸进了院子。他抓起一直放在角落里的猎枪，在黑暗里朝天放了几枪。子弹射进了大谷仓的墙，聚会很快终止了。每个动物都回到了自己住的地方。鸟类跃上巢，动物们在稻草上安身，很快整个庄园进入了梦乡。

第二章

三天后，老麦哲在睡梦中悄然离去。他被葬在果园的一个角落里。

这是三月上旬的事，在接下来的三个月里动物们进行了许多秘密行动。老麦哲的演讲使庄园里较为聪明的动物对生活有了全新的认识。他们不知道老麦哲预言中的起义何时会发生，他们也没有理由奢望会在有生之年发生，但他们清楚自己有义务为此做一些准备。教育和组织工作自然而然地落在了猪的身上，他们是庄园里公认最聪明的动物。所有的猪中最为优秀的是两头年轻的公猪——斯诺鲍和拿破仑。他们是琼斯先生打算养大后卖掉的。拿破仑是一头威风凛凛的伯克夏种猪，也是庄园里唯一的伯克夏猪，不太说话却凭借其非凡的魅力获得了声誉。斯诺鲍比起拿破仑更为活跃，讲话更加生动并独具匠心，但大家还是觉

第二章

得拿破仑更有深度。庄园里其他的公猪都是肉猪。他们中最有名的是一头名叫斯奎拉的小胖猪，他圆圆的脸上长着一双闪亮的眼，身手敏捷，声音尖细。他是一位很有才气的演说家，争论问题的时候会用一种跳跃式的方法，经常摇晃他的尾巴，使他在任何时候都极具说服力。其他动物都说斯奎拉可以把黑的说成白的。

他们三个把老麦哲的教诲精心总结为一套完整的思想体系，并称它为动物主义。每周都有那么几晚，在琼斯先生熟睡后，他们在大谷仓举行秘密会议，向其他动物宣讲动物主义的基本准则。开始的几次会议他们遭遇了很多麻木和冷漠。一些动物认为要对琼斯先生效忠，他们叫他"主人"，或者简单地说，"琼斯先生饲养我们，如果他走了我们就会饿死。"其他动物会问一些诸如此类的问题："为什么我们要关心我们死后才会发生的事情？"或者"如果无论如何起义都会发生，我们是否为此努力又有什么关系呢？"而那些猪也很难让他们明白，这些和动物主义的精神是相悖的。白色的母马莫丽的问题无疑是所有问题中最愚蠢的。她最初这样问斯诺鲍:"起义成功后还有糖吗?"

"没有,"斯诺鲍坚定地说,"我们无法在这个庄园里生产糖。而且,我们也不需要糖。你将得到你想要的燕麦和牧草。"

"那我还可以继续在我鬃毛上佩戴绶带吗?"莫丽又问。

"同志,"斯诺鲍说,"那些绶带是你作为奴隶的象征。你难道不明白自由比绶带更有价值吗?"

莫丽同意了,但她觉得这话听起来并不是那么令人信服。

猪付出了更大的努力来抵制那只已被驯服的乌鸦摩西的谎言。摩西是琼斯先生的特殊宠物,是个间谍,也是个传谣者,但也确实是一个聪明的发言人。他声称有一个神奇的国度叫作糖果山,所有的动物死后都会去那里。据说,那个地方在天上,就在云后面

第二章

不远处。在糖果山，一周七天都是星期天，全年都生长着苜蓿，篱笆上长满了糖块和亚麻仁饼。动物们都讨厌摩西，因为他只讲故事不工作。但还是有一些动物相信糖果山的传说，这使猪不得不费尽口舌去说服他们，让他们明白这样的地方并不存在。

他们中最信奉那些基本准则的是那两匹拉车的马——布克瑟和克莱弗。他俩很难自己想通任何事情，但是他们接受那些猪老师教给他们的任何东西，并通过一些简单的讨论把它们传播给别的动物。他们从未缺席过大谷仓的秘密聚会，而且每次都要在聚会结束时唱《英格兰兽》。

事实证明，起义远比想象中来得更早更容易。虽然琼斯先生曾经是一个辛勤的主人、一个很有能力的农场主，但是后来他堕落了。由于打输了官司，赔了很多钱，琼斯先生变得很沮丧，只好借酒浇愁。整天懒洋洋地躺在厨房的温莎椅上，看报，喝酒，偶尔用沾着啤酒的面包渣喂喂摩西。他的雇工懒散不忠，地里长满杂草，屋顶也有破洞，篱笆没人维护，动物们也经常吃不饱。

到了六月，又到了该收牧草的时候。夏至前一天是周六，琼斯先生去了威灵登红狮酒吧喝酒，一直喝到周日中午才回来。他的雇工在大清早挤了牛奶，然后就出去抓兔子了，因为怕麻烦，他就没有喂那些动物。而琼斯先生回来后，马上就去客厅的沙发上睡觉了，脸上盖着一份《世界新闻》。于是，动物们直到晚上也没有吃到东西。他们终于忍无可忍。一头牛用角撞坏了兽棚的门，所有动物都开始想办法离开笼子。就在这时琼斯先生醒了。他和他的四个雇工马上去了兽棚，拿着鞭子到处乱挥。对此，饥饿的动物们已经无法忍受，大家不约而同地向那些折磨自己的人猛撞过去。琼斯和他的人马上陷入了动物头撞脚踢的包围中，局势已经不在他们的掌控之中了。这些动物如此勇敢，这些曾经被他们鞭笞虐待的动物吓得他们魂飞魄散。不多一会，他们就放弃了抵抗，任动物们踢打。仅仅一分钟之后，他们五个乘着车从大路上落荒而逃，动物们在他们后面乘胜追击。

第二章

琼斯夫人从卧室的窗子看到了所发生的一切,她赶紧往包里塞了一些金银细软,从另外一条路逃走了。摩西呱呱叫着跟着她飞走了。同时动物们把琼斯和他的雇工赶到外面的路上并且关上了庄园的大门——五栅门。在大多数动物还不明白发生了什么的时候,他们的起义成功了。琼斯被赶跑了,他们成了曼娜庄园的主人。

开始的几分钟里,动物们还不敢相信他们有如此好运。他们做的第一件事就是绕着庄园的边界狂奔,好像是要确保没有一个人躲在这里。然后他们跑回庄园里自己的房间,将琼斯统治时期留下的那些让他们讨厌的最后一丝痕迹抹掉。在马厩角落里,那个放马具的小屋子被打破,里面的嚼子、鼻环、狗链以及琼斯先生过去常常用来残忍地阉割猪和小羊羔的刀子被统统扔掉。缰绳、笼头、马眼罩,还有令他们感到羞耻的马粮袋都被当成垃圾扔到院子中间的大火里烧掉。鞭子也扔到大火里。当看到鞭子在熊熊火焰中燃烧的时候,所有的动物欢呼雀跃。斯诺鲍也把绶带扔到大火里，那是往常在集市上装饰尾巴用的。

"绶带，"他说，"应该被认为是衣服，是人类的标志。所有的动物都应该一丝不挂。"

当布克瑟听到这些，把夏日里用来赶走耳边苍蝇的小草帽拿了出来，和其他东西一样扔到火里。

很快动物们就销毁了能让他们想起琼斯先生的所有东西。然后，拿破仑让大家回到贮藏室，给他们分了双份口粮，给每条狗两个小点心。他们又把《英格兰兽》连续唱了七遍，那一夜他们睡了一个从来没过的好觉。

他们却像往常一样，在天蒙蒙亮的时候就醒来，但马上想起了昨天他们所做的伟大的事情，开始尽情地在牧场奔跑。一条小路通向牧场旁边的一座小山，在那里几乎可以看到整个牧场。动物们冲上山顶，看山下晨光中的景色。没错，都是他们的——所有可以看到的都是他们的！他们沉浸在这种美妙的感觉中，嬉戏耍闹，欢呼雀跃。看到沾满露水的青草，他们蜂拥而至。满满咬一口夏日香甜的青草，踢起黑土块，

第二章

猛嗅它肥沃的气息。然后他们又在庄园视察了一周，带着惊叹的神气巡视田地、草地、果园、池塘、灌木林，激动得说不出话来。就像他们从来没见过这些东西一样——他们还是不敢相信这一切已经属于他们了。

然后他们列队回到庄园，静静地站在农舍门前。那里也是他们的，但他们不敢进去。过了一会，斯诺鲍和拿破仑用肩撞开门，动物们排成一列走了进去，他们小心翼翼地走着，生怕打扰到任何东西。他们用脚尖点地，从一间屋子走到另一间屋子，不敢高声说话，也不敢凝视那让他们敬畏的、难以置信的奢华：床上的羽绒床垫、窥视镜、马鬃沙发、布鲁塞尔的地毯，以及客厅壁炉前挂的维多利亚女王的画像。当他们走下楼梯时，发现莫丽不见了。大家回去找她，发现她正待在最好的一间卧室里。她把琼斯夫人梳妆台上的一条蓝绶带往自己肩膀上放，并对着镜子扭捏作态，自我陶醉。别的动物都狠狠地责备她，并走出屋子。挂在厨房的一些火腿被大家埋起来，啤酒桶被布克瑟一脚踢进炉子，屋子里别的东西都没有动。在场的动物都认为应该把农舍作为一个博物馆保存起来，并一致同意动物都不能住在那里。

动物们吃过早饭，斯诺鲍和拿破仑又把大家召集在一起。

"同志们，"斯诺鲍说，"现在是六点半，我们还有很长的一天。今天我们开始收割牧草。但还有另外一件事情要事先明确。"

猪过去三个月自学读写的成果现在派上了用场，他们用一本很旧的拼写书学习。那本书本来是琼斯的孩子的，却被他丢进了垃圾堆。拿破仑要来几桶黑漆和白漆，一直提到那扇正对着大道的有五道栅栏的大门前。然后斯诺鲍（他最擅长书写）用他的两瓣蹄子拿起一个刷子，把大门顶端横梁上的"曼娜庄园"涂掉，改写为"动物庄园"。这是这个庄园今后的名字。然后他们回到庄园里的建筑中间，斯诺鲍和拿破仑在大谷仓侧面的墙上架起了梯子。他们解释说，通过三个月的学习，他们已经把动物主义的原理精练为

"七诫"。这七诫现在要被记录在墙上;这将是永恒不变的法则,永远约束生活在动物庄园的所有动物。斯诺鲍艰难地(一头猪在梯子上保持平衡不是一件容易的事情)爬上梯子开始工作,斯奎拉在下面拿着油漆桶。戒条用巨大的字体写在涂了黑焦油的墙上,字是白色的,三十码[①]外也可以看到。它们是:

七诫

1. 任何两条腿行走的都是敌人;
2. 任何四条腿行走的或者有翅膀的都是朋友;
3. 任何动物不得穿衣服;
4. 任何动物不能睡在床上;
5. 任何动物不能饮酒;
6. 任何动物不能杀害其他动物;
7. 所有动物一律平等。

---

① 码,英美制长度单位。1码等于3英尺,约合0.91米。

写得非常不错，除了"朋友"（friend）的"i"和"e"位置不对和有个地方把"s"写反外，再没有其他拼写错误。斯诺鲍大声读给大家听，帮助大家理解。所有的动物都点头表示完全同意，一些聪明一点的动物已经开始用心学习七诫了。

"现在，同志们，"斯诺鲍扔掉刷子，大声讲道，"去草地！我们一定要比琼斯和他的雇工更快收割完牧草，来证明我们并不比他们差。"

但这时，已经难受了好一阵子的三头奶牛，终于忍不住哞哞地叫起来。她们已经二十四小时没有挤奶了，她们的乳房快胀破了。猪想了一会儿，拿来几只桶，开始挤奶，奶挤得还算顺利。他们的蹄子很适合做这样的工作。很快他们挤好了五大桶冒着泡的全脂牛奶，许多动物都充满期待地看着奶桶。

"这些牛奶怎么办呢？"有个动物问道。

"琼斯有时会在我们的饲料中掺一点。"一只鸡说道。

"不必担心牛奶，同志们！"拿破仑站到奶桶前,大声喊道,"它会被照看好的。现在主要的任务是收割牧草,斯诺鲍同志将带大家前去,我几分钟之后就到。前进吧,同志们!牧草在等着我们呢!"

于是动物们列队去草地收割牧草,当他们回来的时候发现:牛奶已经不见了。

第二章

为运回牧草,他们付出了多少辛勤和汗水!但他们的努力得到了回报,收获远远超出他们的想象。

有时,工作起来很困难:工具是为人设计的,而不是为动物设计的,没有动物能够使用那些需要只靠两条后腿站着才能使用的东西,这对他们来说是个很大的障碍。但猪是如此聪明,他们总是能设法排除各种困难。至于马,他们了解每一英寸[①]土地,事实上,他们比琼斯和他的雇工更精通割草和耕地。猪其实并不工作,但却对其他动物进行指导和监督。博闻强识的他们理所当然地担当着领导职务。布克瑟和克莱弗给他们自己戴上了割草机和马耙(当然,这时候已经用不着嚼子和缰绳了),迈着稳健而沉重的步伐,一圈一圈地在地里行进,猪跟在他们后面,根据

---

① 英寸,英美制长度单位,1英寸等于1英尺的1/12,约合2.5厘米。

第三章

不同情况,有时喊"驾,同志!",有时喊"吁,同志!"在搬运和堆积牧草时,每个动物都谦逊到了极点。就连鸭子和鸡也整天在太阳下忙碌地来回奔跑,每次都用嘴衔一点点牧草。最终,他们完成收割的时间比琼斯他们整整少了两天。更重要的是,这是该庄园有史以来最大的收获。他们没有浪费任何东西,鸡和鸭子凭借敏锐的目光收集起最后一根秸秆。庄园里的任何动物都没有偷吃哪怕一小口。

整个夏天,庄园里的工作都进行得有条不紊。动物们都很快乐,而这些都是他们以前无法想象的。每一口食物都是一种无与伦比的享受,因为这是真正属于他们自己的食物,是自己为自己生产的,而不是吝啬的主人发给他们的。随着那些寄生的人们的离去,动物们有了更多的食物,也有了更多的闲暇,尽管他们还缺乏经验。他们遇到了很多困难,但猪的智慧和布克瑟雄健的体魄总能让大家渡过难关。比如,这一年的晚些时候,收获小麦时,因为庄园里没有脱粒机,他们不得不使用最原始的办法踩压麦子并吹去麦壳。每个动物都对布克瑟赞叹不已。在琼斯时期他就是一匹勤劳的马,而现在他似乎更像是三匹马,有时候整个庄园的活都压在他强壮的肩膀上。从早到晚,不停地推呀拉呀,哪里的工作最难,他就去哪里。他和一只小公鸡达成了一个协定,每天早晨小公鸡提前半小时叫醒他,在日常工作开始前他就自愿做一些急需完成的工作。对每一个难题,每一次挫折,他的回答都是"我会更加努力工作!"——这句话已经成为他的座右铭。

不过每个动物都根据自己的能力来工作。比如,鸡和鸭子在收获时把撒落的谷粒收集起来,这样就节省了五蒲式耳①小麦。没有谁偷吃,也没有谁再为口粮而抱怨,过去那些习以为常的争吵、撕咬和嫉妒再也见不到了。没有动物——或者说几乎没有动物——逃避他们的工作。倒是有一个真实的例子:莫丽不太习惯早起,而且总是借故蹄子里卡了个石子而早早离开地里的工作。猫的表现也多少有些特殊,他们很快

---

① 蒲式耳,英美制容量单位,1蒲式耳等于8加仑。

第三章

注意到,每当有工作的时候总是找不到猫的身影。她通常连续消失几个小时,直到用餐的时间,或者在晚上收工以后才若无其事地出现,但她却总能找到绝好的借口,而且她热情体贴的嗓音让人不得不相信她的用意是好的。老本杰明,就是那头驴,他的生活似乎并没有因为起义而有多少改变。像琼斯时期一样,他依旧慢慢吞吞地干活,从不偷懒,也不会主动承担额外的工作。对于起义和起义最终的结果他总说没意见。当被问及是否对琼斯的离去而开心时,他总是说:"驴都长寿,你们还没见过死驴呢。"其他动物也只好接受如此神秘的回答。

星期天没有工作。早餐会比通常晚一个小时,早餐后是一个每周都有的仪式。首先是升旗。斯诺鲍在农具室找到一块琼斯夫人的绿色桌布,并在上面画了一个白色的蹄子和犄角,它于每个星期天的早晨在农舍花园的旗杆上升起。斯诺鲍解释道,绿色的旗子代表英格兰绿色的大地,而蹄子和犄角标志着未来的动物共和国,最终,它将在彻底推翻人类后诞生。升旗仪式结束后，所有动物列队到大谷仓参加一个被称为"动物大会"的会议。会上将计划未来一周的工作，并提出和讨论各项决议。提出议题的总是猪，其他动物知道如何表决，但从来没有想过要亲自提出一项议题。斯诺鲍和拿破仑是讨论中最活跃的，但很显然他们两个从来没有过一致的意见：其中一个提出的建议，另一个总是反对。甚至对已经表决过的议题，比如有个事实上谁也不会反对的议题：把果园后面的小牧场留给年老退休的动物，他们也有争执。此外，他们还曾就各种动物的退休年龄展开激烈的辩论。动物大会总是在《英格兰兽》的歌声中结束，而下午是他们纵情娱乐的时间。

　　猪已经把农具室当作他们的总指挥部了。晚上，他们在这里，通过从农舍里拿来的书籍，学习打铁、木工和其他必要的技能。斯诺鲍还忙于组织其他的动物加入他所谓的"动物委员会"。为这些他不知疲倦。他为母鸡设立了"蛋类生产委员会"，为牛设立了"洁尾联盟"，还有"野生同志再教育委员会"

第三章

（该委员会设立的目的是驯化老鼠和兔子），还为绵羊发起了"毛更白运动"等，除此之外，还设立了读写班。总体来看这些项目算是失败的。比如，驯化野生动物的尝试几乎立即中断了。这些野生动物的表现一如既往，每当对他们宽容的时候，他们就想从中占点小便宜。猫也曾加入再教育委员会，并且一度表现得相当活跃。有动物看到她有一天坐在屋顶上，和一些她够不着的麻雀交谈。她告诉麻雀，所有动物都是同志，任何麻雀都可以在她的爪子上逗留，可麻雀总是和她保持距离。

读写班却取得了很大的成功。到了秋季，庄园中的所有动物都在一定程度上扫了盲。

至于猪，他们已经精通阅读和书写。狗的阅读能力不错，但除了七诫之外，它对什么都不感兴趣。山羊穆里尔比狗读得稍微好一点儿，她会在晚上从垃圾堆里找来报纸碎片读给大家听。本杰明和猪读得一样好，但从来没有发挥过自己的本领。他说，据他所知，到目前为止，还没有什么值得一读的东西。克莱弗学会了所有字母,但还不会拼单词。布克瑟从来没有学会过D以后的字母。他用硕大的蹄子在土上写A、B、C、D,然后翘着耳朵站在那儿盯着那几个字母,不时抖一下额头的毛,在他所有的记忆里竭力搜寻下一个字母是什么,但从没有想起来过。事实上,有好几次,他确实学会了E、F、G、H,但每当记住它们的时候,大家总是发现他已经忘记了A、B、C、D。最后,他决定满足于前四个字母,并坚持每天写一两遍来巩固他的记忆。除了用来拼写她名字的几个字母外,莫丽拒绝学习任何东西。她会找一些细树枝整齐地摆出自己的名字,然后用一两朵鲜花装饰一下,接着她会绕着它们转圈,边转边不住地赞叹。

庄园里其他动物都只学会了字母A。他们发现那些比较笨的动物,如绵羊、鸡和鸭子,还不能熟记七诫。经过一番深思熟虑,斯诺鲍宣布七诫实质上可以简化为一条准则,即"四条腿好,两条腿坏"。他说,这包含了动物主义的精髓。谁完全掌握了它,谁就可以免受人类影响的威胁。起初,鸟类反对,因为

第 三 章

他们似乎也只有两条腿,但斯诺鲍向他们证明其实并不是这样。

"同志们,鸟类的翅膀,"他说,"是一个推进前行的器官,而不是用来操纵的器官,因此它也应该被看作是腿。这与人类的标志——手是不同的,那是他们作恶的器官。"

鸟类听不懂斯诺鲍的长篇大论,但他们接受了他的解释,所有笨一点的动物都开始着手熟记这条新法则。"四条腿好,两条腿坏"被刻在谷仓的侧墙上,位于七诫的上方,字体比七诫更大。绵羊刚熟记这一法则,就非常喜欢它,经常躺在地上咩咩地叫"四条腿好,两条腿坏!四条腿好,两条腿坏!"一连叫几个小时,从来不知疲倦。

拿破仑对斯诺鲍的委员会没有任何兴趣。他说比起现在为这些成年的动物做的事情,教育年轻一代更为重要。刚巧在收割完牧草之后,杰西和布鲁贝尔产下九只健壮的小狗崽。小狗刚一断奶,拿破仑就把他们从母亲那里带走了,并说他将亲自负责教育他们。

他把他们带到阁楼里，那间阁楼只有通过农具室的梯子才能上去。处在这样与世隔绝的状态下，庄园里其他动物很快就忘记了他们的存在。

不多久，牛奶的神秘去向弄清楚了。原来它每天都被掺在猪饲料里。早茬苹果已经熟了，草地上满是被风吹落的果实。动物们认为这些果实理所当然应该被平分；然而有一天，发布了这样一条命令：所有被风吹落的果实都要收集起来送到农具室供猪食用。一些动物为此喃喃地抱怨，但这没有用。所有的猪一致同意这条命令，斯诺鲍与拿破仑也不例外。他们派斯奎拉来给大家做必要的解释。

"同志们！"他大声喊道，"你们不会把这当作是猪的自私与特权吧？我希望不会。事实上，我们当中的许多猪并不喜欢牛奶和苹果，我自己就不喜欢。我们进食这些东西的唯一目的是保持我们的健康。牛奶和苹果（这一点已经被科学证明，同志们）包含的营养是猪的健康不可或缺的。我们猪是脑力劳动者，我们负责整个庄园的管理和组织工作。我们夜以继日

第三章

地关注着你们的福利，就是为了你们，我们才喝牛奶、吃苹果。如果我们失职了，你们知道会发生什么吗？琼斯就会回来！这是肯定的，同志们，"斯奎拉几乎是用恳求的声音对大家喊道，同时他左蹦右跳，摇着尾巴，"在你们中间，肯定没有谁想看到琼斯回来吧？"

此刻，如果说动物们还剩一件事可以肯定的话，那就是他们不想让琼斯回来。鉴于此，他们也就无话可说了。使猪保持健康的重要性是显而易见的。于是大家没有更多争论，一致同意：牛奶和吹落的苹果（以及苹果成熟后的主要收成）应该特供给猪食用。

第四章

到夏末时分,动物庄园发生的一切已经传遍了半个郡。斯诺鲍和拿破仑每天都派出鸽子,鸽子们混到邻近农场的动物中,告诉他们起义的故事,并教他们唱《英格兰兽》。

这段时间琼斯先生经常坐在威灵登的红狮酒吧,向每一个愿意听他唠叨的人抱怨他所遭受的巨大不公:被一伙畜生从自己的领地上赶了出来。其他庄园主大都很同情他,但最初并没有给他太多的帮助。暗地里,他们都在想能否从琼斯的不幸中捞到一些好处。幸好与动物庄园相邻的两个庄园的主人彼此关系一直很差。一个叫福克斯伍德庄园,是一个巨大的、疏于管理的老式庄园,林地边上有很多杂草,所有的牧场都已荒废,篱笆也破败不堪。庄园主皮尔金顿先生是一个随和的乡绅,根据季节的不同,他把大量的

第四章

时间花在钓鱼和打猎上。另一个庄园叫品彻菲尔德，小一点，但是管理得不错。庄园主弗里德里克是个精明的壮汉，永远都有官司缠身，落下一个斤斤计较的名声。他们两个人互相看不惯对方，以至于永远都不可能达成一致，即使是在捍卫他们自己的利益的时候。

但他俩都被动物庄园的起义完全震惊了，生怕自己庄园里的动物对此知道得太多。起初他们装作对动物管理自己庄园的想法嗤之以鼻。他们说，整个事件会在两个礼拜之内结束。他们说曼娜庄园（他们坚持这样称呼，他们觉得"动物庄园"的名称让人难以接受）里的动物无休止地互相争斗，而且他们很快就会饿死。随着时间的推移，动物们显然没有饿死，弗里德里克和皮尔金顿改变了他们的论调，开始说动物庄园如今邪恶猖獗。他们说动物们残酷地吞食同类，用烧红的马蹄铁互相折磨，并过着共妻的生活。弗里德里克和皮尔金顿说，这就是对抗自然法则的后果。

然而，对于这些说辞，谁也不会完全相信。一个美好的庄园,那里人类被赶走,动物主持自己的事务,这样的传言继续以各种模糊的、改编的形式流传着。这滋生了全年的反叛浪潮,遍及整个村庄。一头已被驯服的公牛突然变野了,绵羊毁坏篱笆并大肆吞食苜蓿,牛踢翻了奶桶,猎马不肯跨过栅栏而把骑手甩到栅栏另一边。最重要的是,《英格兰兽》的曲子和歌词无处不在,并仍然以惊人的速度流传着。人们无法遏制听到这首歌时的愤怒,尽管他们假装觉得它滑稽可笑。按他们的说法,他们无法理解动物们怎么会唱如此不堪入耳的垃圾歌曲。任何唱这首歌的动物都会当场受到鞭笞,然而没有什么能够阻挡这首歌的蔓延之势。乌鸫在篱笆上嘎嘎地唱它,鸽子在榆树上咕咕地唱它,歌声飘进了铁匠铺,夹杂在教堂的钟声里。每当人们听到歌词中对末日的预言,就吓得暗暗发抖。

十月初,谷物已经收割完毕并且堆好,其中有一些已经脱粒,一群鸽子疾速飞回,像受了刺激一般落在了动物庄园的院子里。琼斯和他的雇工,还有六个

第四章

从福克斯伍德庄园和品彻菲尔德庄园来的人,已经进入了五栅门,沿着庄园的车道走来。除了领头的琼斯手里是枪以外,剩下的人都带着棍子。显然,他们试图收复这个庄园。

这是预料之中的,所有准备工作早已就绪。斯诺鲍负责指挥这场保卫战,为此他曾研习一本讲述恺撒大帝征战的旧书,这是他在农舍中找到的。他果断下令,几分钟后,所有的动物已经各就各位。

当人们接近庄园的建筑时,斯诺鲍下令发动第一轮攻击。所有的鸽子,大概有三十五只,在人们头顶盘旋,在半空中一齐向他们拉屎;当人们在应付这个的时候,原本躲在篱笆后的鹅群猛冲出来,狠狠地咬他们的腿肚子。然而,这还只是一个轻微的打击,只是为了制造一点混乱,人们也很轻易地就用手上的棍子把鹅轰走了。这时斯诺鲍发动了他的第二轮攻击。斯诺鲍带着穆里尔、本杰明以及所有绵羊冲上前去,从各个方向对这伙人又戳又顶,本杰明还转过身用他的小蹄子一通狂蹬。但对动物们来说,人们的棍子和钉靴太厉害了。突然，斯诺鲍发出了"撤退"的尖叫声，所有的动物转身从大门逃进院子。

那伙人发出胜利的欢呼。正如设想的那样，他们看到仇敌四散而逃，于是他们胡乱追击着。这正是斯诺鲍所期待的。他们一进入院子，埋伏在牛棚里的三匹马、三头牛和其余的猪就冲到他们背后，截断了他们的后路。这时，斯诺鲍发出了进攻的信号，他自己直接向琼斯冲去。琼斯见他冲来，举起枪就开火。子弹擦伤了斯诺鲍的背，一只绵羊中弹身亡。不等他反应，斯诺鲍马上借自己几百磅重的身体摔向琼斯的双腿。琼斯猛跌在粪堆上，手中的枪也甩了出去。但最为惊天地泣鬼神的壮举还在布克瑟这里，他像一匹种马一样，靠后腿直立起来，用他巨大的铁蹄进行攻击，第一下就打中了福克斯伍德庄园一名马夫的脑壳，结果那马夫死在了泥坑里。有几个人见势不妙，扔掉棍子就想逃。人们陷入了恐慌，接着所有动物追着他们满院子乱跑。他们被戳、被踢、被咬、被踩，庄园里的所有动物都以他们自己的方式报仇。就

第四章

连猫也从房顶上跳到一个牛倌肩上,用爪子猛戳他的脖子,疼得他大叫起来。这帮人后来终于逮到一个出口,他们喜出望外,夺路而逃。这样,这场五分钟的侵袭以人们的原路溃逃而告终。一路上还有一群鹅跟在后面嘘叫,啄着他们的腿肚子赶他们走。

除了那个被踢倒的人之外,所有人都跑了。回到院子里,布克瑟用蹄子扒了一下那个脸朝下趴在泥里的马夫,想把他翻过来。结果这哥们儿一动不动。

"他死了。"布克瑟伤心地说,"我不是故意的,我忘了我钉过蹄铁。谁会相信我不是故意的呢?"

"别感情用事了,同志!"伤口还在滴着血的斯诺鲍喊道,"战争就是战争。只有死了的人才是好人。"

"我并不想杀生,即使他是人类。"布克瑟念叨着,满眼泪花。

"莫丽去哪儿了?"不知谁喊道。

莫丽的确失踪了。一时间大家陷入了惊慌,他们担心那帮人伤害她，甚至把她拐走。最终却发现她在她的马厩里，头钻在槽里的干草中。枪一响她就逃跑了。后来他们又发现，那个马夫只不过是晕了过去，在大家找莫丽的时候，他苏醒过来逃跑了。

在极度的喜悦中，动物们又重新聚集在一起，每一位都用最大的嗓门讲述着他们在这次战斗中所做的贡献。他们马上就举行了一个自发的庆功仪式，他们升了旗，唱了许多遍《英格兰兽》，然后给死去的绵羊举办了一个庄严的葬礼，并在她的坟前种了一棵山楂树。斯诺鲍在坟前做了一个简短的演讲。他强调，如果需要的话，每个动物都应该时刻准备着为动物庄园奉献自己的生命。

动物们一致决定设立一个"一级动物英雄"的军功章，并当即授予了斯诺鲍和布克瑟，并且他们有一枚铜质奖章（那是由一些从农舍里发现的，有点泛旧的真铜制成的），他们可以在星期天和假日佩戴。同样，死去的绵羊被追封为"二级动物英雄"。

大家对如何给这场战斗命名的问题发生了不小的

第四章

争论,最终这场战斗被命名为"牛棚大战",因为伏击是从那里发起的。他们在泥坑里发现了琼斯先生的枪,又从农舍里弄到了子弹。于是他们决定把枪架在旗杆上,就像一门大炮一样,每年鸣响两次——一次是在十月十二日,也就是"牛棚大战"纪念日;另一次是在夏至日,也就是起义纪念日。

第五章

随着冬天的临近，莫丽变得越来越烦人。她每天早晨都不能按时工作，理由总是自己睡过头了。她抱怨说自己有一些莫名其妙的疼痛，但她的胃口却一直很好。她经常找各种各样的借口，放下手里的工作，跑去饮水的池塘边，站在那里，呆望自己的倒影。还有一些比这更加严重的传言。有一天，莫丽正在院子里悠然地闲逛，一边摆弄她那长长的尾巴，一边嚼着一根牧草。克莱弗把她叫到了一边。

"莫丽，"她说，"我有一些很严肃的话要对你说。今天早上，我看到你在动物庄园和福克斯伍德庄园交界的篱笆处，向另一边眺望。皮尔金顿的一个雇工站在篱笆的另一边。我离得很远，但基本上可以确定：他在和你说话，而你也让他抚摸你的鼻子。这是什么意思，莫丽？"

第五章

"他没有!我也没有!这是没有的事!"莫丽边叫边跳,并用蹄子刨着土。

"莫丽!看着我的脸,你能以你的名誉向我担保,那个人没有抚摸你的鼻子吗?"

"这是没有的事!"莫丽反复说着这一句话,但是她没能直视克莱弗的脸,反而立刻拔腿向田野里跑去。

克莱弗心中泛起一个念头。她没有告诉其他动物,独自来到莫丽的厩中,用蹄子翻开稻草。稻草下面藏着一小堆糖块和几捆不同颜色的绶带。

三天后,莫丽失踪了。好几个星期大家都不知道她的下落。后来鸽子告诉大家,他们在威灵登的另一边看到了莫丽。她拉着一辆黑红二色轻便马车,马车停在一家小旅店门外。一个穿着格子裤和长筒靴的红脸胖男人——看上去像是店老板——正抚摸着她的鼻子,并喂她糖吃。她的皮毛新近修剪过,前鬃上还挂着一条鲜红的绶带。鸽子们说,她看上去很享受。从此动物们再也不提莫丽的事了。

一月，天气变得恶劣起来。田地冻得像铁一样结实，什么活也干不了。大谷仓里召开了多次大会，猪忙着计划下一个季节的工作。猪显然要比其他动物聪明一些，于是大家都同意应该由猪制定相应的政策来应对庄园里碰到的问题，不过他们的决策依然要经大多数动物投票同意。若不是因为斯诺鲍和拿破仑之间的争执，这种决策安排应该运作得很好。可是只要在某个论点上有可能发生争执，这两头猪就一定会有不同的意见。如果他们中有一个提议多种几亩大麦，另一个必然会提议多种几亩燕麦；如果他们中有一个说某个地方最适合种圆白菜，另一个必然会说那里不种薯类就浪费了。他们有各自的追随者，相互之间也有一些激烈的争论。在开会的时候，斯诺鲍通常能够通过自己出色的演讲赢得大多数的支持，而拿破仑更擅长在会议之外的时间为自己游说到更多的选票。在绵羊那里，拿破仑的策略取得了最大的成功。最近，不管适时与否，绵羊总是咩咩地叫着"四条腿好，两条腿坏"，还经常以此来打断大会。斯诺鲍曾在农

第五章

舍找到几本过期的《庄园主和畜牧业者》，并进行过深入研究，他满脑子都是创新和改良的计划。他讲起农田排水系统，窖藏饲料和钢渣磷肥等概念时显得很内行。他还制定了一个复杂的计划，让动物直接在田里排便，并让他们每天选择一个不同的地方，这样就可以省去运送粪便的劳力。拿破仑自己没有拟定出任何计划，私底下却经常说斯诺鲍的那些计划终会一场空，看上去拿破仑是在伺机而动。在他们所有的争执中，最为激烈的莫过于那个有关风车的争议。

在广阔的大牧场上，离庄园房屋不远的地方，有座小山丘，那里算是整个庄园的制高点。经过对那块土地的勘察，斯诺鲍宣称那里是最适合建造风车的地方。风车可以推动一个发电机，并给整个庄园提供电力。这可以用来照明取暖，还可以带动电锯、割草机、切片器和电动挤奶器。动物们之前从未听过这类事情（因为这是一座老式庄园，只有最原始的机器）。当斯诺鲍在描述有了那些奇妙的机器之后的梦幻场景时，动物们都听呆了：那些机器替他们工作，他们就可以在田里悠闲地吃草，或者通过阅读和交流来提高心智。

　　几周之内，斯诺鲍的风车计划就全盘出炉了。机械方面的细节大都来自琼斯先生的三本书：《一千件对居室有益的事》《每个人都是自己的泥瓦匠》和《初级电学》。斯诺鲍的书房以前是一个小孵卵棚，铺着光滑的木地板，非常适宜在上面作画。他经常屋门紧闭，在里面一待就是几个小时。他用石块压着打开的书，两瓣蹄子夹着一截粉笔，在屋子里快速地走来走去，一边画着一道道的线条，一边兴奋地哼哼着。渐渐地，设计图已经有了大量复杂的曲柄和齿轮，覆盖了大半块地板。其他动物根本看不懂这是什么东西，但却留下了深刻的印象。所有的动物每天都至少来看一次斯诺鲍的设计图。就连鸡和鸭也来看，他们非常小心，生怕踩到地上的粉笔线条。只有拿破仑对此持回避态度。一开始，他就声称反对风车计划。然而有一天，拿破仑出人意料地也来检查这个设计图。他在棚里缓慢地走着，仔细查看每一处细节，

第五章

还用鼻子嗅过那么一两次。然后他稍微站了一会,斜眼打量着设计图。突然,他抬起腿,在图上撒了泡尿,然后一声不吭转身离去。

整个庄园在风车这件事上截然分为两派。斯诺鲍不否认建造它是一项艰巨的任务:需要采石砌墙,制作风车叶片,之后还需要制造发电机和电缆(至于如何完成这些程序,斯诺鲍不置一词)。但他坚持这项任务可以在一年内完成。而且他还声称,在风车建成之后,可以节省大量的劳动力,因此动物们可以每周只上三天班。与此同时,拿破仑却说,当前最为紧要的任务是增加粮食生产,如果把时间浪费在风车上,大家都会饿死。动物在这种情况下分为两派,各自的口号分别是"拥护斯诺鲍的每周三日工作制"和"拥护拿破仑的粮食富足制"。本杰明是唯一一个不加入任何派系的动物。他既不相信粮食会更充足,也不相信风车会节省劳动力。他说,风车不风车的都无所谓,生活将一如既往地继续下去,辛苦总是难免的。

除了风车之争外,还有关于庄园防御问题的争议。大家都心知肚明，尽管人类在牛棚大战中被击败了，但是为了夺回庄园并重新让琼斯接管，他们会有更为凶狠的侵犯。再加上他们打败仗的消息已经传遍了整个乡间，邻近庄园的动物也越发不安宁，他们就更有理由这么干了。像往常一样，斯诺鲍和拿破仑又产生了分歧。按照拿破仑的说法，动物们必须武装起来并自学如何使用武器。而按斯诺鲍的说法，他们应该派出更多的鸽子，去煽动其他庄园的动物起义。一个争辩说如果不能保卫自己，就注定要被征服；另一个说如果到处都有起义，他们也就不必自卫了。动物们先听拿破仑的，再听斯诺鲍的，然后就不知道到底谁说的对；事实上，他们发现，谁在讲话，他们就会同意谁的看法。

  一天，斯诺鲍终于完成了风车设计图。就在这个星期天的大会上，就要针对是否建造风车进行表决。当动物们在大谷仓集合后，斯诺鲍便站起来，陈述了自己热衷于建造风车的理由，尽管整个过程不时被绵羊的咩咩声打断。随后拿破仑起身反驳，他轻声说

第五章

道，建造风车完全是扯淡，并号召大家不要支持斯诺鲍，说完就突然坐下了。他的发言仅仅持续了不到半分钟，似乎对发言的效果毫不在意。这时，斯诺鲍又跳了起来，喝止了又开始咩咩乱叫的羊群，慷慨激昂地呼吁大家拥护风车的建设。此前，动物们对双方的支持度基本没有差异，但此时斯诺鲍的口才征服了他们。他用热情洋溢的话语，描绘出一幅在大家卸下肩上沉重的劳作担子之后动物庄园的新景象。此刻，他的设想已经不仅仅局限于割草机和切片器了。他说电除了可以让每个动物的屋子都拥有电灯、热水、凉水和电炉之外，还可以带动脱粒机、犁、耙、轱辘、收割机以及打捆机。演讲结束后，动物们将会如何表决已经显而易见了。但就在这时，拿破仑又站了起来，用他特有的斜眼瞥了斯诺鲍一眼，发出了一声吼叫，之前动物们从未听他发出过这样的吼叫。

谷仓外传来一阵可怕的犬吠声，紧接着，九条凶恶的狗，戴着铜钉项圈，一同跳进大谷仓。他们径直冲向斯诺鲍，他只好从座位上跳起来，刚好躲过那些狗尖利的爪子。转眼斯诺鲍跑到门外，这些狗就在后面追。动物们吓得瞠目结舌，全都挤到门口，观看这场追逐。斯诺鲍在通往大路的牧场上狂奔，他用尽全身力气跑着，而狗已经快追到他的后脚跟了。忽然他滑倒了，眼看着就要被狗抓住了。可他又重新站了起来，用更快的速度飞奔。狗又一次追上了他，其中一条狗差不多就要咬住他的尾巴了，但斯诺鲍还是及时甩开了尾巴。然后他一个冲刺，在狗还差几英寸就要追上他的时候，从篱笆的一个缺口窜了出去，再也看不到他了。

　　动物们在惊愕中跑回大谷仓。转眼那些狗也跳着跑了回来。起初，大家都不知道这些家伙是从哪里来的，但这个问题很快就有了解答：他们就是先前被拿破仑从狗妈妈身边带走并偷偷养大的那九只小狗崽。尽管现在他们还没有完全长成，但也已经不小了，看上去像狼一样凶猛。他们始终在拿破仑身边。大家注意到，这些狗向拿破仑摇着尾巴，一如往日其他狗向琼斯先生摇尾巴的样子。

第五章

这时,拿破仑在狗的跟随下,走上往日麦哲发表演说的讲台。他宣布,周日早晨的动物大会就此告终。他说,这些会议毫无必要,不过是浪费时间罢了。今后一切有关庄园工作的问题,将由一个由猪组成的特别委员会来解决,这个委员会由他亲自掌管。今后他们将私下碰头,然后再把决议告诉其他动物。在周日早晨,动物们仍然要集合,向庄园旗帜敬礼,合唱《英格兰兽》,并接受下周的工作安排,但不会有什么辩论了。

虽然驱逐斯诺鲍这事已经给了大家不小的打击,但这个通告让他们更为惊恐。若非找不到合适的论点,一些动物早就开始抗议了。甚至连布克瑟也大感不解,他把耳朵向后贴平,抖动了几下额头的鬃毛,试图理清思路,但最后还是不知道该说什么。不过有几头猪倒是想得很清楚。前排的四只小猪发出反抗的尖叫,马上跳起来准备发言。但是,突然间,卧在拿破仑身边的那群狗发出一阵低沉恐怖的咆哮,于是那四头小猪立即住口,回到了座位上。接着,绵羊又开始高声咩咩地叫着"四条腿好,两条腿坏!"叫声持续了将近一刻钟,这样一来任何讨论都没法进行下去了。

随后,斯奎拉被派出来,针对这个新的安排给大家一个解释。

"同志们,"他说,"我相信这里的每一个动物都对拿破仑同志所做出的牺牲心怀感激——他独自扛起了多的工作。同志们,不要以为当领袖是一种享受!相反,这是一种深切而沉重的责任。没有谁比拿破仑同志更坚定地相信所有动物一律平等。他也确实很乐意看到大家都能为自己做主。可是,有时候你们可能会做出错误的决定。同志们,之后我们会怎样呢?想想,如果你们决定追随斯诺鲍和他那异想天开的风车计划,会怎样呢?而斯诺鲍,就我们现在所知,不过是个犯罪分子。"

"在牛棚大战中,他作战很勇敢。"不知道谁说了一句。

"勇敢是不够的,"斯奎拉说,"忠诚和服从更

第五章

为重要。至于牛棚大战,我相信总有一天,我们会发现斯诺鲍的战功被吹得太大了。纪律,同志们,铁的纪律!这是我们今天的口号。一步走错,我们的敌人就会回来。同志们,你们绝对不想让琼斯回来吧?"

这番话同样无可辩驳。毫无疑问,动物们肯定不想让琼斯回来;如果星期天早晨的辩论有可能导致他回来,那么辩论就一定要停止。布克瑟想了好一阵子了,用一句话说出了他的整体感受:

"如果拿破仑同志这么说,那么就一定是对的。"从此以后,他就把"拿破仑同志永远正确"这句格言,当作他自己原来的座右铭"我会更加努力工作"的补充。

这时,天气已经变暖,到了春耕的时节。斯诺鲍用来画风车设计图的那间小屋一直被封着,大家猜地板上那些设计图早已被擦得一干二净了。每个星期天的早晨十点,动物们都聚集在大谷仓,接受他们下周的工作安排。他们把头骨上已没有肉的老麦哲从果园里挖了出来,安置在旗杆下的一个树桩上,在那杆枪的一侧。升旗之后，动物们要恭恭敬敬地列队走过那个颅骨，然后才能走进大谷仓。现在，他们也不像以往一样全体都坐在一起。拿破仑和斯奎拉，以及另一个叫米尼莫斯的猪，共同坐在讲台的前面。米尼莫斯在谱曲作诗方面有着惊人的天赋。那九条年轻的狗在他们身后卧着，围成一个半圆形。其他猪坐在他们的后面，别的动物面对着他们，坐在大谷仓中间。拿破仑用一种略显粗暴的军人风格宣读下周的计划，然后全体合唱一遍《英格兰兽》就解散。

　　驱逐斯诺鲍之后的第三个星期天，拿破仑宣布要建造风车，动物们听到这个消息多少有点吃惊。拿破仑并没有解释为什么自己改变了主意，只是告诫大家，这项额外的任务意味着非常艰苦的工作，甚至有可能会减少他们的食物配额。不过，建设计划全部都已准备好，并已经进入最后的细节部分。在过去的三周，一个由猪组成的特别委员会一直在为此工作。风车的建设，加上各种各样的改进计划，预计需要两年时间。

第五章

当晚,斯奎拉私下对其他动物解释道,事实上,拿破仑从未反对过风车建设。相反,恰恰是他从一开始就支持这个计划。斯诺鲍在孵卵棚的地上画的那个设计图其实是从拿破仑的文件中剽窃的。事实上,那个风车是拿破仑自己的发明。然后,有动物问道,为什么他曾如此强烈地反对这项计划?这时斯奎拉显得非常诡秘。他说,这是拿破仑同志的谋略,他假装反对风车建设,目的是赶走斯诺鲍,因为斯诺鲍是个危险分子,并有着极坏的影响。既然现在斯诺鲍已经逃走了,计划也就可以顺利无阻地进行了。斯奎拉说,这就是所谓的策略。他一连说了好几遍:"策略,同志们,策略!"还一边活蹦乱跳地摇着尾巴,一边陶醉地笑着。动物们拿不准这个词的含义,但斯奎拉说得如此令人信服,三条凑巧跟着他的狗又在恐怖地咆哮,大家只好不再发问,接受他的解释。

第六章

那一整年，动物们都像奴隶一样工作。但是他们乐于工作，也甘于奉献与牺牲，因为他们明白，他们所做的每一件事情都是为了自己和后辈的利益，而不是为了那帮懒散成性、以偷窃为生的人类。

整个春天与夏天，他们每周都要工作六十小时。到了八月，拿破仑又宣布，星期天的下午也要工作。这项工作是完全自愿的，但任何动物如果缺勤，就会减掉一半的口粮。即便这样，大家还是会发现有些工作就是干不完。收成比上一年要差一些，而且，由于没有及时地完成耕作，本该在初夏种上薯类的两块地也没有播种。可以预见，即将到来的冬季会是一段艰苦的日子。

风车建设产生了意外的困难。庄园里有很好的石灰石矿，同时又在一间屋子里发现了大量的沙子和水

第六章

泥,所有的建筑材料均已齐备。但起初动物们无法解决的问题是,该如何把石头打到适合的大小。似乎除了动用鹤嘴镐和撬棍外,没有别的办法。可是动物们又都不会使用这两种工具,因为他们无法仅靠后腿站立。几个星期徒劳无功的努力之后,才有动物想出一个好主意,就是利用重力。在石矿的矿床中,到处都是那种因太大而无法直接使用的大石头。动物们用绳子把石头绑住,然后由牛、马、羊及所有能抓住绳子的动物——在一些关键时刻,甚至猪也会搭把手——一起拖石头,极其缓慢地把石头运送到采石场的坡顶。从那里,他们把石头推到崖下,石头就摔成了碎块。运送这些碎石相对来说就简单一些了。马一整车地拉,羊一块一块地拖,甚至连穆里尔和本杰明也套上一辆旧车,尽自己的一份力量。到暮夏时分,石头储备已经充足,然后,在猪的监督下,风车建设开工了。

但采石是一个缓慢而艰辛的过程。把一块大石头拖到坡顶往往需要精疲力竭地干上一整天,而有时把石头推下崖又摔不碎。要是没有了布克瑟,恐怕什么也干不成,他的力量似乎与其他所有动物合在一起相当。每当动物们被大石头拖着一起滑下山坡而发出绝望的哭喊时,总是靠布克瑟竭力拉住绳索才能将巨石稳住。他一英寸一英寸吃力地爬坡,呼吸变得急促,蹄尖紧扣着地面,汗水打湿了他宽厚的脊背。看到这些,动物们无不满怀敬佩。克莱弗有时会告诫他要小心,不要太过劳累,但布克瑟从来都不放在心上。对他而言,他的两句箴言"我会更加努力工作"和"拿破仑同志永远正确"似乎已经足以解答任何问题。他已经同那只小公鸡约好,把先前每天早晨提前半小时叫醒他,调整为提前四十五分钟。在所剩不多的空闲时间里,他还会独自去采石场,装一筐碎石,仅凭他一己之力拖到风车基地。

虽然工作很辛苦,但那个夏天动物们过得还不算太坏。尽管他们所得的粮食不比琼斯时期多,但至少也不比那时少。现在他们只需要养活自己,不再需要供养那五个奢侈的人,与这种优越感相比,许多挫折都显得微不足道。另外在很多情况下,动物们干起活

第六章

来更加高效省力。比如锄草这种工作,动物们做得要远比人类彻底。而且,既然现在没有动物偷盗,就不需要用篱笆把牧场和农田分开,这样就节省了大量维护篱笆和栅栏门的工作。然而,夏季过后,各种意料之外的问题就暴露出来了。他们需要煤油、钉子、绳线、狗饼干和马蹄铁,但庄园里无法生产这些东西。后来,他们又需要种子和化肥,以及各种工具,最后,还有建风车用的机器。对于如何获取这些东西,动物们就无从想象了。

一个星期天的早晨,在动物们集合接受任务分配时,拿破仑宣布,他已经确立了一项新政策。从现在起,动物庄园将与邻近的庄园展开贸易,当然这不是出于任何商业目的,只是为了获取某些急需的物资罢了。他指出,风车所需要的东西凌驾于其他任何事物之上。因此,他正打算卖掉一堆牧草和当年小麦收成的一部分,往后如果再需要钱的话,就只能卖鸡蛋了,因为在威灵登,鸡蛋总是有市场的。拿破仑还说,母鸡应该乐于做出这样的牺牲,这是她们对建设风车所做出的特殊贡献。

　　动物们又一次感受到一种隐隐的不安。永不与人往来，永不与人交易，永不碰钱——这些难道不是琼斯被驱逐后的第一次动物大会上的决议吗？所有的动物都记得通过了这样的决议，或者至少他们认为自己是记得的。曾在拿破仑废除动物大会时提出反对的那四只小猪胆怯地开口了，但他们很快在狗可怕的怒吼中噤声。紧接着，像往常一样，绵羊又开始咩咩地叫着"四条腿好，两条腿坏！"短暂的尴尬局面就这样顺利地应付过去了。最后，拿破仑抬起前蹄让大家肃静，宣布他已经把一切都安排好了，任何动物都无须从事与人类打交道的工作，这显然也是大家最讨厌的工作。他愿意以一己之力肩负起这项重任。有一位温伯尔先生，他是威灵登的一个揽生意的人，已经答应来担任动物庄园与外界事务的中间人，并将在每周一早晨来动物庄园接受任务。拿破仑照例以一句"动物庄园万岁"结束了他的讲话。动物们唱完《英格兰兽》就解散了。

第六章

之后,斯奎拉在庄园里转了一圈来让动物们安心。他保证说,以前根本就没通过什么反对贸易和金钱的决议,这类决议甚至从未提出过。这纯粹是臆想,追本溯源,很可能是斯诺鲍散布的谣言。可一些动物还是有些许疑惑,但斯奎拉狡黠地问道:"你们敢肯定这事不是你们做梦的时候想到的吗,同志们?你们对这样的决议有过任何记录吗?写在哪儿啦?"既然可以确定这类东西并没有文字记录,动物们便确信是他们自己搞错了。

温伯尔先生每周一都如约而至。他是个一脸奸诈的小个子,留着八字胡。他经营的业务不大,却是个精明的生意人,这使他能比别人预先想到动物庄园会需要一个中间人,并且佣金不会少。动物们带有几分恐慌地看着他来来去去,并尽可能地避开他。不过,看到四条腿站立的拿破仑在向两条腿站立的温伯尔发号施令,他们的自豪感油然而生,这在一定程度上让他们对这种新的安排感到安心。他们同人类的关系的确今非昔比了。人们对动物庄园的憎恨并没有因为庄园的兴盛而有所消解，反而恨之更甚。人们都坚信，动物庄园迟早会破产，尤其是那个风车项目将注定失败。他们经常在小酒店相聚，互相之间用图表来证明风车必定会倒塌；或者，即使真的能建成，也永远无法正常运转。但是，他们对于动物们自行管理事务的能力却不由得刮目相看了。表明这种态度的其中一个现象就是，他们开始使用动物庄园这个名称，不再有意把它称作曼娜庄园了。他们也不再支持琼斯，而琼斯自己也早就对夺回庄园失去了信心，并移居到该郡的另一个地方。尽管动物庄园只通过温伯尔与外界联系，但不断有传言说拿破仑将与福克斯伍德的皮尔金顿，或者品彻菲尔德的弗里德里克签订一份明确的商业协议——但是，据传，不会和两家同时签订协议。

  大约也就在这段时间，猪突然搬到农舍里住了下来。动物们似乎又想起他们早先通过的一项决议反对这么做。斯奎拉也再一次做到让大家确信根本就没有这个决议。他说，猪就是整个庄园的大脑，需要有一个安静的工作环境，这是切实需要的。而且，对于

第六章

领袖(最近他谈到拿破仑时已经开始使用"领袖"这一称呼了)的尊严而言,住在房子里要比住在一个猪圈里更为合适。尽管这样,当一些动物听说猪不仅在厨房里吃饭,把会客室当作娱乐室,而且还睡在床上时,还是为此感到不安。布克瑟照例说了一句"拿破仑同志永远正确"便不再关心此事。但是克莱弗却认为她记得有一条明确的戒律反对在床上睡觉,于是她跑到大谷仓的后墙,试图在七诫中,找出答案解决自己的疑惑。当她发现自己只认得几个字母时,她找来了穆里尔。

"穆里尔,"她说,"你帮我念一下七诫的第四条。它不是说不能睡在床上吗?"

穆里尔有些吃力地拼读着那些文字。

"上面写的是,'任何动物不能睡在床上,如果床上铺了床单的话。'"她终于读出来了。

太奇怪了,克莱弗从来不记得第四条戒律提到过床单;但既然墙上是这么写的,那它一定原本就是如此。这时,斯奎拉在两三条狗的陪伴下凑巧经过这里，正好能给整个事情一个合理的解释。

"同志们，如此说来，你们已经听说了我们猪现在都睡在农舍里的床上了吧？"他说，"可为什么不能呢？我确信，你们不会认为真的有条戒律反对睡在床上吧？床的意思仅仅是一个睡觉的地方。从适当的角度看，畜栏里的一堆稻草就是一张床。这条戒律反对的是床单，床单是人类的发明。我们撤掉了农舍里床上的床单，裹着毯子睡觉。这几张床也非常舒适！但是，同志们，我可以告诉你们，就我们现在必须从事的所有脑力工作而言，所需的舒适度更甚。你们不会不让我们休息吧，同志们？你们不会想让我们因为太过劳累而失职吧？你们确定谁都不想让琼斯回来吧？"

针对这一点，动物们马上给出了确定的答案，并且再也不提猪睡到农舍床上的事情了。而且几天后，当猪宣布说往后他们要比其他动物晚一小时起床时，大家也没有为此抱怨。

一直到秋天，动物们都非常劳累，但却很快乐。

第六章

这一年他们已经过得很艰难了,再加上卖掉了一些牧草和小麦,过冬的粮食储备也不够充足,但风车补偿了这一切。此时,风车已经完成了差不多一半。秋收之后,有好一阵子都是干燥晴朗的好天气,动物们干起活来比以前更卖力。他们心里想的是,只要能让墙再增高一英尺①,那么终日来回搬运石头就是值得的。布克瑟甚至在夜间也会出来,在中秋的月光下独自工作一两个小时。在空闲时间,动物们会绕着那已经完成一半的工程走来走去,赞叹那笔直结实的围墙,同时为他们居然能造出如此伟大的工程而感到欣喜。只有老本杰明对风车没什么热情,同往常一样,除了那句神秘的"驴都长寿"之外,不肯多说一句话。

伴随着凛冽的西南风,十一月来临了。因为天气太潮湿,没有办法和水泥,不得不中止风车的建设。后来,在一个晚上,狂风大作,风吹得庄园里房子的地基都在震动,还吹落了大谷仓顶上的一些瓦片。鸡

---

① 英尺,英美制长度单位,1英尺约为0.3米。

从睡梦中醒来,惶恐地叫着,因为他们同时都梦到了远处的一声枪响。早晨,动物们走出房间,发现旗杆已经被吹倒,果园边的一棵榆树像萝卜一样被连根拔起。就在他们还在注意这些的时候,所有动物的喉咙中都爆发出一声绝望的哭喊。一幅骇人的场景呈现在他们面前:风车变成了一堆废墟。

他们不约而同地冲到了事发现场。平日里很少走路的拿破仑冲在了最前方。是的,全部躺倒在地基上的正是他们的奋斗成果,那些他们费了很大力气弄碎并运来的石头散落得到处都是。起初,大家都说不出话来,只是站在那里悲伤地盯着那些塌下来的散乱的碎石。拿破仑一言不发地走来走去,偶尔在地面上嗅一嗅。他的尾巴变得僵硬,剧烈地摇摆着,这是他大脑快速活动的一种表现。他猛地站住,好像打定了什么主意。

"同志们,"他平静地说,"你们知道这是谁干的吗?你们知道昨晚推倒我们风车的仇敌是谁吗?斯诺鲍!"他突然雷鸣般地嘶吼道:"这是斯诺鲍干

第六章

的！多么险恶的用心，想通过破坏我们的计划来为他可耻的被逐报仇，这个叛徒趁天黑偷偷爬到这儿，摧毁我们近一年的劳动成果。同志们，此时此地，我宣布判处斯诺鲍死刑。任何动物若能让他伏法，将授予'二级动物英雄'称号，另加半蒲式耳苹果。如果能活捉他，将得到一蒲式耳苹果！"

动物们得知斯诺鲍居然犯下如此罪行时，感到极度震惊。他们怒吼一声，开始思索如果斯诺鲍再回来的话，该如何活捉他。差不多就在同时，他们在小山丘不远处的草地上发现了猪蹄印。那些脚印只延伸了几码的距离，但看上去，方向朝着篱笆上的一个洞。拿破仑深深地嗅了嗅蹄印，便宣称这些蹄印是斯诺鲍的。在他看来，斯诺鲍很可能是从福克斯伍德庄园方向来的。

"别再耽搁了，同志们！"检查完那些蹄印后，拿破仑叫道，"还有活要干。就从今天早晨开始，重建风车。而且，我们要在整个冬天进行建设，风雨无阻。我们要让那个卑鄙的叛徒知道，想破坏我们的工作并不是一件容易的事。记住,同志们,我们的计划绝不会有任何改变:我们要坚持到实现它们的那一天。前进,同志们!风车万岁!动物庄园万岁!"

第七章

这是一个严酷的寒冬。风暴天气刚过去,又下起了雨夹雪,接着又是大雪,然后是一场严重的霜冻,直到二月份才见缓和。动物们都在为重建风车全力以赴,因为他们非常清楚,外界正关注着他们,如果风车不能按时完工,那些嫉妒的人便会幸灾乐祸。

一些心怀恶意的人佯装不相信是斯诺鲍毁坏了风车。他们说,风车之所以会倒塌,是因为围墙还不够厚实。动物们都知道事实并非如此。不过,大家还是决定这次要用3英尺厚的墙来取代上次1.8英尺的墙。这也意味着要采集更多的石头。但在相当长的一段时间里,采石场积雪成堆,无法干活。在随后干燥的霜冻天气,倒是取得了一些成果,但这真是一项令人痛苦不堪的工作。动物们也不像以前那样对此充满希望。他们一直都在挨冻,还常常要挨饿。只有布克瑟

第七章

和克莱弗还斗志昂扬。尽管斯奎拉常常做一些精彩的演讲，通常是服务的乐趣和劳动的尊严之类的话题，不过，还是布克瑟的精力和他永远高呼的"我会更加努力工作"让动物们更受鼓舞。

一月份，食物开始短缺。谷物配给骤减，不过有通知说要配给额外的土豆来弥补。随后却发现大部分土豆已经被冻坏了，原因是盖得不够厚。土豆开始变软，失色，只有一小部分还可以吃。有一段时间动物们只能靠吃糠麸和甜菜度日，饥荒似乎就要降临。

对外界隐瞒这一事情是极其必要的。风车的倒塌让人们有了底气，他们针对动物庄园捏造了一些新的谎言。他们再次散布谣言说，动物们正因为饥荒和疾病而挣扎在死亡边缘，他们无休止地争斗，已经到了同类相食和吞食幼崽的地步。拿破仑很清楚，要是食物短缺的事情泄露出去会造成多么严重的后果，于是他决定利用温伯尔先生散布一些相反的言论。迄今为止，温伯尔每周光顾时，动物与他几乎都没什么接触；但这一次，有一些动物被选中（大多数是绵羊），他们接到指示，要在温伯尔能够听到的地方，装作不经意地聊起有关食物配给增加的事情。不仅如此，拿破仑还下令，给贮藏室里已经几乎空了的大箱子装满沙子，用所剩不多的粮食盖在上面。然后找了个适当的借口，带温伯尔经过贮藏室，让他能够瞥见那些大箱子。这招果然奏效，温伯尔不断地向外界传达说，动物庄园根本不缺粮食。

然而，将近一月底的时候，事情就再明显不过了，他们必须从别的地方获取一些额外的粮食。这些日子，拿破仑很少在公开场合露面，整天都待在农舍中。农舍的每一道门都由面目狰狞的狗把守。当他出现，也会以一种仪式感很强的方式出现，六条狗簇拥在他四周，如果谁走得太近，他们便发出恶吼。甚至在星期天早晨，他也常常不露面，而是由另外一头猪来宣布命令，通常会是斯奎拉。

一个星期天早晨，斯奎拉宣布，所有要开始下蛋的鸡必须上交她们的鸡蛋。通过温伯尔，拿破仑已经签订了一份每周提供四百枚鸡蛋的合同。用这些鸡蛋

第七章

所赚的钱可以买回足够的粮食,庄园就可以维持到夏季,到那时,情况就会有所好转。

鸡听到这话,爆发出一阵强烈的抗议。尽管她们之前接到过警告,说必须做出这样的牺牲,但她们不相信这样的事情会真的发生。她们刚准备好春季用来孵小鸡的蛋,因此抗议道,此时把蛋拿走无异于谋杀。这是自琼斯被驱逐之后,庄园里第一次出现反叛的气息。在三只年轻的黑色米诺卡鸡的带领下,她们决定尽全力挫败拿破仑的计划。她们的做法是飞到房梁上下蛋,这样鸡蛋落地后就会摔得粉碎。拿破仑立即采取了强硬措施。他下令停止向鸡供应口粮,同时颁布法令,任何动物,只要给鸡提供哪怕一粒粮食,都将被处以死刑。由狗来执行这些命令。僵持五天之后,鸡投降了,回到了她们的窝里。在这期间,共有九只鸡死去。她们的遗体被埋葬在果园中,对外则宣称她们死于球虫病。温伯尔对此事并不知情,鸡蛋按时足量交付,每周都会来一辆食品店的车,把鸡蛋拉走。

这段时间大家都没有再见过斯诺鲍。有传言说他躲在附近的一个庄园里，不是福克斯伍德就是品彻菲尔德。此时，拿破仑与其他庄园主的关系也比以前稍有改善。碰巧院子里有一堆木材，十年前庄园在清理一片山毛榉树丛的时候就堆在了那里。于是温伯尔建议拿破仑把它卖掉，还说皮尔金顿先生和弗里德里克先生都非常想买。可拿破仑在这两者之间犹豫不决。大家都注意到，每当他似乎要与弗里德里克先生达成协议时，就有传言说斯诺鲍躲在福克斯伍德庄园；每当他倾向于和皮尔金顿合作时，就有传言说斯诺鲍在品彻菲尔德庄园。

在初春时节，一件令动物们震惊的事情被发现了。斯诺鲍经常在晚上秘密潜入庄园！动物们惶恐不安，躺在房间里难以入睡。据说每天晚上他都在夜幕的掩护下偷偷爬进来，无恶不作。他偷走谷物，打翻奶桶，打碎鸡蛋，践踏苗床，咬掉果树的树皮。无论何时，只要有什么不对劲的事情发生，通常都会归咎于斯诺鲍。要是窗子坏了或者水道堵了，会有动物断定这是斯诺鲍在夜里干的。贮藏室的钥匙丢了，所有动物都坚信是被斯诺鲍扔到了井里。非常奇怪的是，当他们发现钥匙是被误放在粮食袋下面时，仍然对先前的判断坚信不移。奶牛们异口同声地宣称，在她们睡觉的时候，斯诺鲍偷偷溜进牛棚，挤走了她们的奶。那些曾在冬天给他们带来麻烦的老鼠，也被说成是斯诺鲍的党羽。

拿破仑下令针对斯诺鲍的活动进行一次全方位的调查。他在狗的护卫下，开始对庄园的所有房屋进行仔细巡查，出于恭敬，其他动物与拿破仑保持着一段距离，远远跟随着他。每走几步，拿破仑都要停下来嗅一嗅地面，他说通过气味可以分辨斯诺鲍的足迹。他嗅遍了每一个角落，从大谷仓、牛棚、鸡窝到菜园，几乎到处都有斯诺鲍的踪迹。每到一处，他就把鼻头伸到地上，深深嗅几下，然后便用一种可怕的声音叫道："斯诺鲍！他来过这儿！我能很清楚地闻到！""斯诺鲍"三个字一说出口，所有的狗都龇牙咧嘴地发出令人生畏的咆哮。

动物们彻底吓坏了。斯诺鲍就像一个看不见的阴影，笼罩在他们周围，用各种危险的手段威胁着他们。那天晚上，斯奎拉把大家召集在一起，脸上带着一种惶恐的表情，说他有一些重要的消息要公布。

　　"同志们！"斯奎拉一边略带神经质地跳着，一边喊道，"发现了一件最为可怕的事情。斯诺鲍已经把自己卖给了品彻菲尔德庄园的弗里德里克，那人甚至现在正在策划攻打我们，想要夺取我们的庄园！这次攻击开始后，斯诺鲍将会是他的向导。更加糟糕的是，我们曾经以为斯诺鲍造反是因为他的虚荣和野心。但我们搞错了，同志们，你们知道真正的原因是什么吗？他一直都是琼斯的密探。我们刚刚发现一些他留下的文件，里面的信息证实了这一点。依我看，这解释了不少问题，同志们。幸亏在牛棚大战中，他的阴谋没有得逞，但我们难道看不出来他是想让我们失败并彻底遭到毁灭吗？"

　　动物们听得目瞪口呆。比起斯诺鲍毁坏风车，现在斯奎拉说的这一恶行要严重得多。但是他们在完

第七章

全接受这一点之前,迟疑了好几分钟。他们都记得,或者是认为自己记得,他们曾看到,在牛棚大战中,斯诺鲍曾冲在最前面,在每一轮攻势之前都是他在重整旗鼓,即使子弹擦过他的脊背,他也从未退缩。起初,他们实在难以看出,这怎么能说明他和琼斯是一伙的,就连很少质疑的布克瑟也疑惑不解。他卧在地上,前蹄弯在自己身子下面,闭上眼,费了很大力气去梳理他的思路。

"我不相信,"他说,"斯诺鲍在牛棚大战中作战英勇。这是我亲眼看见的。战斗一结束,我们不是马上就授予他'一级动物英雄'称号吗?"

"这是我们的失误,同志们。因为我们现在才知道,事实上他试图诱使我们灭亡。这一切在我们发现的秘密文件中都写得很清楚。"

"但是他负伤了。"布克瑟说,"我们都看到他流着血在跑。"

"这也是阴谋的一部分!"斯奎拉叫道,"琼斯的子弹只不过擦伤他的皮而已。如果你识字的话,我就会让你看看他自己写的原话。他们的阴谋，就是在关键时刻，让斯诺鲍发出一个逃跑的信号，把庄园拱手让人。他差一点就成功了，同志们，我甚至敢说，要是没有我们英勇的领袖拿破仑同志的话，他早就成功了。难道你们不记得，当琼斯一伙人攻入院子的时候，斯诺鲍突然转身而逃，还有很多动物随他而去吗？还有，难道你们不记得，就是在那个弥漫着恐慌、千钧一发的时刻，拿破仑突然冲上前去，大喝一声'人类灭亡'，随即就咬住了琼斯的腿？你们肯定记得这些吧，同志们？"斯奎拉一边大声叫着，一边左蹦右跳。

既然斯奎拉把这一场景描述得如此生动，动物们似乎记得的确有这么一回事。无论如何，他们记得在战斗的关键时刻，斯诺鲍转身逃走是确有其事。但布克瑟还是觉得有一点不舒服。

"我不相信斯诺鲍从一开始就是个叛徒，"他终于说道，"他之后做了什么是另一回事。但我认为他在牛棚大战中是一个好同志。"

第七章

"我们的领袖,拿破仑同志,"斯奎拉用一种缓慢而坚定的语气宣布,"已经坚决地表明——坚决地,同志们——斯诺鲍从最一开始就是一个密探,是的,远在我们打算起义之前就是了。"

"啊,那就不同了!"布克瑟说,"如果是拿破仑同志说的,那就一定是对的。"

"这才是真正的革命精神,同志们!"斯奎拉大叫道,但大家注意到他用自己滴溜溜的眼睛很讨厌地瞥了布克瑟一眼。他刚转身要走,突然又停下来强调了一句:"我警告庄园里的每一个动物都睁大眼睛。我们有理由认为,此时有许多斯诺鲍的密探正潜伏在我们之中。"

四天之后,在傍晚时分,拿破仑让所有动物在院子里集合。集合完毕后,拿破仑从农舍出来,佩戴着他的两枚勋章(他最近授予自己"一级动物英雄"和"二级动物英雄"称号),他那九条大狗蹦跶着围在他身边,发出的恶吼让所有动物毛骨悚然。动物们默默地蜷缩在自己的位子上,似乎预感到将会有什么可怕的事情发生。

　　拿破仑站在那里，用严厉的目光向下面扫了一眼，接着发出一声尖叫。那几条狗立刻一跃而上，咬住四头猪的耳朵把他们拖走，那四头猪在疼痛和恐惧中大声哀嚎。他们被拖到了拿破仑脚下，猪的耳朵流血了，狗尝到了鲜血的滋味，兴奋地发狂了好一阵。让所有动物都震惊的是，有三条狗扑向了布克瑟。布克瑟看到他们扑来，伸出大蹄子，在半空中踏住一条狗，把他踩在了地上。这条狗尖叫求饶，另外两条狗夹着尾巴逃了回去。布克瑟看着拿破仑，想知道是该把这条狗踏死还是放他走。拿破仑的脸色一下子就变了，喝令布克瑟放掉那条狗。于是布克瑟抬起蹄子，狗带着伤哀嚎着逃跑了。

　　骚动立即平息下来了。那四头猪哆哆嗦嗦地等候发落，脸上的每一条皱纹似乎都历数着他们的罪状。拿破仑命令他们坦白自己的罪行。他们正是反对废除星期天大会的那四头猪。没等再催，他们就招供道，自从斯诺鲍被驱逐后，他们就与他保持着秘密联系，

第七章

曾与他勾结在一起毁坏风车,并和他达成协议,要将动物庄园拱手让给弗里德里克先生。他们还补充说,斯诺鲍曾私底下向他们承认,过去的这些年他一直是琼斯的密探。他们的招供刚一结束,那几条狗就冲上去咬穿了他们的喉咙。拿破仑厉声喝问,还有没有别的动物要坦白什么。

在鸡蛋事件中曾试图带头叛乱的那三只鸡走上前去,说斯诺鲍曾在梦中煽动他们去抵制拿破仑的命令。她们也被处死。接着一只鹅上前供认,他在去年秋收时,私藏了六穗谷子,并在当天晚上偷偷吃掉了谷子。随后,一只羊坦白说她曾在饮水池里撒尿,并说这是斯诺鲍指使她这么干的。另外两只羊交代,他们曾谋杀过一只老公羊,他们在他正患咳嗽的时候,追着他绕着一堆野火跑,而这只公羊是拿破仑的忠实信徒。这些动物都被当场处死了,招供和行刑仪式就这样进行着。拿破仑的脚边垒起了一大堆尸体,空气中弥漫着血腥味。自从琼斯被驱逐之后,动物们第一次闻到这样的气味。

等这一切过去之后，剩下的动物，除了猪和狗之外，都挤成一团爬走了。他们感到震惊和害怕。他们说不清楚到底是什么让他们更害怕——是与斯诺鲍结盟的动物的那种背叛，还是刚刚目睹的残忍刑罚。过去，这种血流成河的场景也并不鲜见，但这一次，对他们来说要恐怖得多，因为这次发生在他们同类之间。从琼斯离开庄园至今，还没有出现动物杀害动物的情形。他们甚至连老鼠都不曾杀害。这时他们已经走到了小山丘上，建成一半的风车正矗立在那儿，大家都不约而同地躺下来依偎在一起，好像是在取暖。克莱弗、穆里尔、本杰明、奶牛、绵羊，以及一群鹅和鸡——除了那只猫之外——每个动物全都在这儿。那只猫在拿破仑命令集合的时候，突然失踪了。一时间，大家都不说话。只有布克瑟仍然站着。一边心烦地踱来踱去，一边用他那又长又黑的尾巴不断抽打着自己的身躯，偶尔发出一声惊愕的嘶鸣。最后他说话了：

"我不明白。我不愿意相信这样的事情会发生在

第七章

我们的庄园之中。这一定是因为我们做错了什么。要解决这个问题，照我看来，唯有更加努力工作。从今往后，每天早上我要提前一个小时起床。"

说完，他迈着沉重的步伐走到了采石场。到了那儿，他连着装了两车石头，并且拉到风车那里，一直干到晚上。

动物们都挤在克莱弗周围，沉默不语。他们躺着的地方，可以俯瞰整个庄园，视野能够遍及动物庄园的绝大部分：延伸向大路的长长的牧场、牧草场、树丛、饮水池、耕种过的田地里长出的茁壮而碧绿的新麦，以及庄园里红色的屋顶和烟囱里冒出的袅袅轻烟。这是一个晴朗的春日傍晚，夕阳的余晖洒落在草地和那有些破烂的篱笆上。带着某种惊讶，他们忽然想到这是他们自己的庄园，庄园的每一英寸土地都是他们自己的，而在此之前，他们从未发觉这个庄园是如此可爱。克莱弗饱含热泪地向山坡下望去。如果她有办法说出此刻的想法的话，她一定会说，几年前他们致力于推翻人类的时候，想要建立的并不是这样一个世界。在老麦哲第一次鼓动大家起义的那个晚上，他们所向往的并不是这种恐惧和杀戮的情形。如果她对未来有什么构想的话，那么将会是这样一幅画面：在这个社会，没有饥饿和鞭笞，全体平等，各尽所能，强者保护弱者，就像在老麦哲演讲的那天晚上，她用自己的前腿保护着那群失去母亲的小鸭子一样。她不明白，为什么现在会处在这样一个相反的境地：当那些凶狠咆哮的狗四处乱跑时，当看到自己的同志在坦白了罪行后被撕成碎片时，谁都不敢说出自己的想法。她从来没有过反叛和违命的念头。尽管这样，她明白，他们还是要比琼斯时期好得多，而且，防止人类卷土重来还是当下最重要的任务。无论发生了什么，她仍然要忠心耿耿，努力工作，坚持完成交付给自己的任务，服从拿破仑的领导。可是，她，以及所有其他的动物寄托希望并为之劳作的，并不是今天这番场景。他们建造风车，甘冒琼斯的枪弹，也不是为了今天这些。这就是她的想法，可是她无法言说。

　　最后，她觉得有一种方法可以代替言语来表达她

第七章

的想法,于是她开始唱《英格兰兽》。围在她身边的动物跟着她一块唱了起来。他们从头到尾唱了三遍,曲调非常和谐,但唱得柔缓而伤感,以前他们从未用这种方式唱过这首歌。

他们刚唱完第三遍,斯奎拉就在两条狗的陪同下走了过来,好像有什么重要的事情要宣布。他宣布,拿破仑同志颁布了一项特殊命令,《英格兰兽》已经废止。从今往后,禁止再唱这首歌。

动物们都惊呆了。

"为什么?"穆里尔叫道。

"因为不再需要了,同志们,"斯奎拉冷冷地说,"《英格兰兽》是一首起义歌曲,但起义已经完成。今天下午对叛徒的处决是最后的行动,内敌外敌均已被击垮。在《英格兰兽》中,我们表达了对未来美好社会的希冀,但这个社会现在已经建立起来了。很明显,这首歌已经不会再有任何意义了。"

虽然他们感到害怕,但有些动物可能还是会提出抗议。不过就在这时,羊群又照例咩咩地叫了起来:

"四条腿好,两条腿坏!"持续了好几分钟,也就终结了可能的争论。

于是,再也听不到《英格兰兽》这首歌了。取而代之的是,善于写诗的米尼莫斯写的另外一首歌,开头是这样的:

动物庄园,动物庄园,
你将永远不受侵犯!

每个星期天早晨,升旗仪式结束后,大家就唱这首歌。但不知怎么,动物们总是觉得,这首歌无论是歌词还是旋律,都无法与《英格兰兽》相媲美。

第八章

几天之后，那次行刑引起的恐惧平息了，有些动物才记起——或者他们以为自己记得——第六条戒律是："任何动物不能杀害其他动物。"虽然他们谁也不敢在狗和猪的耳边提起这个话题，但是他们还是觉得上次那种杀戮与这一戒律相悖。克莱弗请求本杰明给她念一下第六条戒律，但本杰明像往常一样，表示不愿意介入这类事情，于是她又找来穆里尔。穆里尔把那条戒律读给她听，上面写的是："任何动物不能杀害其他动物，如果没有理由的话。"不知怎么，对于最后这八个字动物们都没什么印象。但现在他们明白，他们并不曾违犯那条戒律，因为杀死那些和斯诺鲍勾结的叛徒，理由实在是太充足了。

这一整年，动物们的工作甚至比上一年还要辛苦。为了重建风车，不但要筑起比上次厚一倍的墙，

第八章

还要按预定日期完工。再加上庄园的日常工作,任务惊人的繁重。动物们不止一次感受到,他们的工作时间比琼斯时期更长,吃得却和那时一样差。在每个星期天早上,斯奎拉会用蹄子捏住一张长长的纸条,宣读各类粮食的产量数据,有的增产了百分之二百,有的增产了百分之三百,还有的增产了百分之五百。动物们觉得没有理由不相信他,尤其在他们已经记不清起义之前是什么样的情况下。不过有些时候,他们仍然会觉得不如少给点数字,多来点粮食。

现在所有的命令都由斯奎拉或者另外一头猪发布。拿破仑则两周都难得在公众面前出现一次。当他出现的时候,不仅要带着他的狗随从,还会带着一只黑色小公鸡,作为他的号手在前面开道。在拿破仑讲话之前,小公鸡要先高叫一声"喔——喔——喔!"据说在农舍的房间中,拿破仑也有自己专属的一部分。他在两条狗的伺候下单独用餐,而且还要使用原本放在客厅玻璃橱柜中的皇冠德贝餐具。另有通知说,每年拿破仑生日的时候也要鸣枪庆祝,与其他两个纪念日一样。

现在，对拿破仑的称呼已经不能是简单的"拿破仑"了。提到他永远要用正式的称呼"我们的领袖拿破仑同志"。那些猪还喜欢给拿破仑加上一些其他头衔，比如"动物之父""人类克星""羊群保护神""小鸭子的良友"，等等。斯奎拉演讲的时候，总是要泪流满面地盛赞拿破仑的智慧和善良，以及他对普天之下所有动物的热爱，尤其是对那些还生活在其他庄园中遭受奴役并不自知的不幸的动物。每一项成就，每一点好运气，通常都要归功于拿破仑。你会经常听到一只鸡对另一只鸡讲："在拿破仑同志的领导下，我六天下了五枚蛋。"或者两头正在饮水的奶牛说："多亏拿破仑同志的英明领导，这水的味道真好！"米尼莫斯写的一首名为《拿破仑同志》的诗很好地诠释了庄园里动物们的整体感受，诗的全文如下：

孤儿的良友！

幸福的源泉！

第八章

赐予粮食的恩主!
啊,当我注视您的时候,
我的灵魂在燃烧,
您那宁静严肃的双眸,
仿佛青天白日,
拿破仑同志!

是您赐予您的所有动物
渴求的一切,
每天两餐饱食,整洁的草垫;
无论大小,每个动物
都在房间中安然而眠,
这都是因为有您在照看,
拿破仑同志!
如果我有一头小猪,
在他长大以前,
即便他还小得像一个奶瓶或者一根擀面杖,
他也应该学会

要对您忠心诚实,

是的,他的第一声尖叫必是

"拿破仑同志!"

拿破仑对这首诗很是赞许,于是下令把它题写在与七诫相对的大谷仓另一侧的墙上。诗的上方是一幅拿破仑的侧面肖像,是斯奎拉用白漆画的。

在此期间,由温伯尔做中间人,拿破仑正在与弗里德里克和皮尔金顿进行着一系列烦琐的谈判。那堆木材还没有卖掉。这两个人中,弗里德里克更急于购买木材,但却给不出一个合理的价钱。与此同时,有一个消息又重新开始流传,弗里德里克和他的手下正密谋攻打动物庄园并想毁掉那座让他妒火中烧的风车。大家都知道斯诺鲍仍然藏在品彻菲尔德庄园。仲夏时分,动物们惊讶地得知,竟有三只母鸡主动坦白说,由于斯诺鲍的煽动,她们曾参与一个刺杀拿破仑的阴谋。她们立刻被处决了,于是为了拿破仑的安全,又采取了一些新的防备措施。夜间有四条狗守卫

第八章

着他的床,每个床脚一条,同时还有一头名为品客艾的猪负责在拿破仑吃饭前试吃他的食物,以防有毒。

差不多这时,大家听到消息说拿破仑决定把木材卖给皮尔金顿先生;他还将进一步拟定一项常规协议,用于交换动物庄园和福克斯伍德庄园出产的某些产品。尽管他们只通过温伯尔联系,但拿破仑和皮尔金顿的关系也算是相当不错了。动物们不信任皮尔金顿,因为他是人类,但比起让他们又恨又怕的弗里德里克,他们宁愿和皮尔金顿打交道。随着夏天过去,风车即将竣工,那个阴谋攻打动物庄园的传言也传播得越来越频繁。据说弗里德里克将率领二十个全副武装的人前来攻打他们,并且他已经买通了行政长官和警察,如此一来,只要他能拿到动物庄园的地契,官方将不再过问此事。此外,有关弗里德里克虐待动物的可怕消息也从品彻菲尔德庄园流传出来。他曾用鞭子抽死一匹老马,也饿死过他的牛,还把一条狗扔到炉子里烧死了;到了晚上,他还会把刀片绑在鸡爪子上,然后斗鸡取乐。当动物们听到他们的同志正遭受着如此的不幸时，个个都义愤填膺，热血沸腾。有时他们甚至叫嚷着要去攻打品彻菲尔德庄园，赶走那里的人类，解放那里的动物。但斯奎拉劝大家切勿轻举妄动，要相信拿破仑同志的战略部署。

即便如此，反对弗里德里克的情绪还是日益高涨。在一个星期天早上，拿破仑在大谷仓现身，解释说他从来没有考虑过把木材卖给弗里德里克。他说，与这样的流氓打交道实在是有辱他的身份。现在他仍会派出鸽子散布起义的讯息，但以后不准他们在福克斯伍德庄园落脚了。同时他还宣布，把他们以前的口号"人类灭亡"换为"埋葬弗里德里克"。暮夏时分，斯诺鲍的另一个阴谋又败露了。麦田里杂草丛生，却发现原来是斯诺鲍在某个夜晚潜入庄园，在种子里偷偷掺了草籽。一只鹅向斯奎拉坦白了罪行，说他曾参与此事，随后就吞食毒草莓自尽了。动物们现在才知道，与他们此前的想法相反，斯诺鲍从来没有获得过"一级动物英雄"称号。这仅仅是斯诺鲍在牛棚大战后散布开来的一个神话。他非但未曾接受过嘉

第八章

奖，反倒是因为他在战斗中的怯弱表现而受到过谴责。再一次有动物对此表示疑惑，但斯奎拉很快就让他们确信是他们记错了。

到了秋天，经过大家的艰苦奋斗，在保证秋收顺利完成的同时，风车也竣工了。当然还需要安装机器，温伯尔也在为购买机器的事情积极协商，不过风车的建筑工程总算是完成了。尽管他们的每一步都困难重重，尽管他们缺乏经验，尽管他们的工具非常落后，尽管他们遭受过厄运和斯诺鲍的阴谋，整个工程到底还是按时完工了！动物们精疲力竭，却倍感自豪，他们绕着自己的杰作一圈一圈地转着。在他们眼里，这次的风车要比第一次漂亮得多。而且，这次的围墙也要比上次厚上一倍。这一次，除了炸药，任何东西都休想把它摧毁！他们不知为此付出了多少辛劳，克服了多少艰难险阻，但一想到风车的叶片带着发电机一起开始转动时，他们的生活将发生天翻地覆的变化，他们就忘记了疲惫，开始绕着风车欢呼雀跃。在狗和公鸡的簇拥下，拿破仑亲临现场视察，并亲自对动物们取得的成绩表示祝贺，同时他宣布，风车将被命名为"拿破仑风车"。

两天后，动物们被召集到大谷仓召开了一次特殊会议。当听到拿破仑宣布那堆木材已经卖给弗里德里克时，动物们个个都目瞪口呆。明天弗里德里克就会派车来运走木材。原来在这段时间，拿破仑表面上一直假装向皮尔金顿示好，实际上却和弗里德里克暗中达成了协议。

与福克斯伍德庄园的一切关系就此破裂，他们开始向皮尔金顿发送侮辱信。鸽子们也接到通知，他们要避免去品彻菲尔德庄园宣传，把原来的口号"埋葬弗里德里克"改为"埋葬皮尔金顿"。同时，拿破仑向动物们保证，即将攻打动物庄园的消息完全是子虚乌有，有关弗里德里克虐待动物的传言也被夸大了。所有这些谣传都很有可能来自斯诺鲍和他的密探。总之，现在看来斯诺鲍并没有藏在品彻菲尔德庄园，事实上他从来就没有去过那里。他正住在福克斯伍德，享受着他的奢侈生活，而且多年来，他一直靠皮尔金

第八章

顿供养。

　　猪都为拿破仑的精明感到欢欣鼓舞。通过表面上向皮尔金顿示好的行为，迫使弗里德里克的出价提高了十二英镑[①]。斯奎拉表示，拿破仑思想超乎寻常的本质在于，他从不信任任何人类，即使对弗里德里克也是如此。弗里德里克曾打算用一种叫作支票的东西结账，那看上去就是写着承诺保证支付的一张纸。但是拿破仑岂是他能糊弄得了的。他要求必须用真正的五英镑面额的现金支付，并且要在运走木材前付清。弗里德里克已经结清款项，钱款总数刚刚够用来购买风车所需的机器。

　　与此同时，木材很快就被拉走了。等木材全部拉走后，他们在大谷仓又召开了一次特殊会议，让动物们观赏弗里德里克支付的钞票。拿破仑面带微笑，胸前佩戴着他的两枚勋章，端坐在台上那块稻草垫上。钱被整整齐齐地码在他身旁的瓷盘里，那盘子是从农舍的厨房里拿出来的。动物们列队缓慢地走过，每一

---

① 英镑，英国国家货币和货币单位名称。1英镑等于240便士（旧制）。

个都要盯着那盘钞票看个够。布克瑟还用鼻子闻了闻那钞票，伴随他的气息，那些轻飘飘的白色东西竟然飞舞起来并簌簌作响。

三天以后，爆发了一阵恐怖的骚动。温伯尔骑着他的自行车疾驰而来，面如死灰。他把自行车往院子里一扔，直奔农舍而去。接着，就听到拿破仑的房间内发出一声狂怒的咆哮。大事不妙，这消息像野火一样迅速传遍了整个庄园。钞票是假的！弗里德里克一分钱没花，就拉走了木材！

拿破仑立即召集所有动物，用恐怖的嗓音判处弗里德里克死刑。他说，抓住这家伙后，要把他扔到锅里煮烂。同时他警告大家，这次背信弃义的行为发生后，动物庄园就要做好最坏的打算了。弗里德里克和他的手下随时都有可能发动他们蓄谋已久的攻击。他们已在通往庄园的所有路口都安置了哨兵。此外，四只鸽子被派到福克斯伍德庄园，他们带着一封和解信，希望能与皮尔金顿重修旧好。

就在第二天早晨，敌人就发动了攻击。动物们正

第八章

在吃早餐,哨兵飞奔而来,报告说弗里德里克和他的随从已经走进了五栅门。动物们勇敢地出击,但这一次他们没法像牛棚大战那样轻易取胜。对方这次一共来了十五个人,并带着六支枪,他们走到五十码之内的时候就立即开火了。动物们无法抵抗那可怕的爆炸声和尖利的子弹,尽管拿破仑和布克瑟费了很大劲把他们集结起来,但不一会儿就被打退了。其中很多动物已经负伤。于是他们逃进庄园的房间中躲了起来,透过墙缝和木板上的节疤孔小心翼翼地向外窥视。整个大牧场,包括风车,已然落入敌手。此时,好像连拿破仑也束手无策了。他一言不发地踱来踱去,尾巴变得僵硬,并在不停地抽搐。渴望的目光朝着福克斯伍德庄园的方向投去:如果皮尔金顿和他的手下能来支援他们的话,他们仍有可能赢得战斗。但就在这时,昨天派出去的四只鸽子回来了,其中一只衔着一张来自皮尔金顿的纸片,上面用铅笔写着两个字:"活该"。

这时弗里德里克和他的随从已经站在了风车边

上。动物们一边看着他们,一边发出一阵绝望的轻呼。有两个人已经取出一根撬棍和一柄大锤,准备把风车推倒。

"不可能!"拿破仑喊道,"我们的墙筑得很结实,即便他们花一个星期的时间,也不可能把它推倒。鼓起勇气,同志们!"

但本杰明仍然专心地注视着那帮人的行动。拿着撬棍和大锤的那两个人正在风车的地基附近钻孔。然后,本杰明带着几乎有点调侃的表情,慢慢地张动着他长长的嘴巴。

"我早就想到是这样。"他说,"你们没看出他们在干什么吗?一会儿他们就会往钻好的孔里装炸药。"

太可怕了,动物们不安地等待着。此时此刻,要冒险冲出房间是不可能的。几分钟后,只见那些人朝不同方向散开,接着就是一声震耳欲聋的巨响。鸽子立刻被卷到半空中,除拿破仑外,其他所有动物都趴倒了,把脸埋到了地里。等他们再次起身,在原先风

第八章

车所在地的上空飘浮着一团巨大的黑色烟云。微风缓慢地将它吹散,风车已经荡然无存!

看到此情此景,动物们又重新鼓足勇气。他们刚才所感受到的胆怯与绝望,都被眼前这种卑鄙可耻的行为所激发的愤怒淹没了。一阵复仇的高呼响了起来,不必等下一步的行动指令,他们便一齐向敌人冲去。这一次,他们不再管那如冰雹般飞来的残酷子弹。这是一场惨烈的战斗。那帮人不断开火,等动物到了他们身边时,他们又用棍子击打,用厚重的皮靴去踢。一头牛、三只绵羊和两只鹅被杀害,几乎每个动物都负伤了。就连一直在后方指挥作战的拿破仑也被一颗子弹削掉了尾巴尖。但人类一方也不是全无损伤。三个人的头被布克瑟的蹄子踢破,另有一个人的肚子被牛角刺穿,还有一个人的裤子差点被杰西和布鲁贝尔撕掉。给拿破仑当贴身护卫的那九条狗,奉命在篱笆的掩护下迂回到敌人的侧翼。他们突然出现在那帮人身旁,凶恶地吼叫起来,这下把那帮人吓坏了。他们意识到自己有被包围的危险。趁着还有退路，弗里德里克喝令撤退，那帮害怕自己小命不保的家伙当下就逃之夭夭了。动物们一直把他们追到田地的尽头，在他们钻过那带刺的篱笆时，还最后踢了他们几脚。

动物们胜利了，可是他们也疲倦了，还流着血。他们一瘸一拐地慢慢走回庄园。看到同志们的尸体横躺在草地上，一些动物流下了伤心的泪水。在那个原本矗立着风车的地方，他们默默地站了好一会儿。是的，风车没了，他们辛勤的劳作几乎没有留下任何印迹！甚至连地基都被毁掉了一部分。即使要重建，他们也不可能像上次重建那样还有倒塌的石头可用。这一次，所有的石头都不见了，爆炸的威力把它们抛到了几百码之外。此刻，这里好像从来就没有过什么风车。

当他们走近庄园时，斯奎拉正蹦跶着朝他们走来，他不仅毫无理由地不参加战斗，而且此时还得意地摇着尾巴。接着，动物们就听到从庄园房屋那边传来了庄严的枪声。

第八章

"为什么要鸣枪?"布克瑟问。

"为了庆祝我们的胜利啊!"斯奎拉喊道。

"什么胜利?"布克瑟问。他的膝盖还在流血,又掉了一只蹄铁,于是他的蹄子也裂开了,还有十几颗子弹击中了他的后腿。

"什么胜利?同志们,难道我们没有把敌人赶出我们的土地,赶出我们动物庄园神圣的土地吗?"

"可他们把风车毁了,我们为此付出了两年的辛劳!"

"那有什么关系?我们将会另建一座风车。如果我们愿意的话再建六座都没问题。同志们,你们还没有意识到我们做了一件多么了不起的事。敌人占领了我们脚下的土地。而现在,多亏拿破仑同志的英明领导,我们又夺回了每一英寸土地!"

"那么我们只不过是夺回了原本就属于我们的东西。"布克瑟说。

"这就是我们的胜利。"斯奎拉说。

他们一瘸一拐地走进院子。布克瑟腿里的子弹让他疼痛万分。他明白，摆在眼前的是从地基开始重建风车的繁重工作，他还想象着自己已经为此重新振作起来。但这时他第一次想到，他已经十一岁了，恐怕他强壮结实的肌肉也已经大不如前了。

不过当动物们看到绿旗飘扬，再次听到鸣枪——一共鸣了七响，听到拿破仑的演讲，听到他称赞大家的表现时，他们似乎又觉得，无论如何他们还是打了一个大胜仗。动物们为战斗中牺牲的同胞举行了一个隆重的葬礼。布克瑟和克莱弗拉着灵车，拿破仑亲自走在队伍的最前面。庆祝活动持续了整整两天。有唱歌，有演讲，还有更多的鸣枪。每个动物都得到一个苹果作为特殊的礼物，每只飞禽得到了两盎司[①]的谷子，每条狗得到了三块饼干。大家接到通知，这次战斗将被命名为"风车大战"，拿破仑还设立了一种新的勋章"绿旗勋章"，并授予了他自己。在这种狂欢的气氛中，那次不幸的钞票事件就被大家抛诸脑后了。

---

① 盎司，英美制质量单位，1盎司等于1/16磅，约合28克。

第八章

几天之后,猪偶然间在农舍的地窖里发现了一箱威士忌。在他们刚住进农舍时,没有注意到这箱酒。当天晚上,从农舍方向传来一阵嘹亮的歌声,令大家惊讶的是,中间居然还夹杂着《英格兰兽》的旋律。大约九点半,动物们清楚地看到,拿破仑从后门出来,头戴一顶琼斯先生的旧圆顶礼帽,在院子里飞快地跳了一圈后,又钻进了房中。但在第二天早晨,农舍内一片死寂。任何猪都没什么动作。将近九点钟时,斯奎拉出现在大家面前。他步履蹒跚,面带沮丧,双目无神,尾巴无力地垂在身后,一副病怏怏的样子。他把动物们召集到一起,说要传达一个沉痛的消息:拿破仑同志生命垂危!

庄园内顿时响起一阵恸哭。农舍的门外铺着稻草,动物们轻点着足尖从那里走过。他们含泪互相询问:"要是领袖走了,我们可怎么办?"此刻庄园内到处都有传言说斯诺鲍终究还是在拿破仑的食物里下了毒。到了十一点,斯奎拉又出来发布了另一项通告。他说拿破仑同志在垂死之际颁布了一项神圣的法令：任何饮酒者皆须处以死刑。

然而，到了傍晚，拿破仑看上去有所好转，第二天早上，斯奎拉告诉大家领袖正在逐渐康复。那天晚上，拿破仑就重新回到了工作岗位上。第二天，动物们才了解到他曾让温伯尔在威灵登买过一些有关酿酒和蒸馏的小册子。一周之后，拿破仑下令把果园后面的小牧场开垦出来。那个小牧场原本是留给退休动物的草料场。现在开垦的理由是牧草已经干枯，需要重新播种。但不久之后，大家就知道了真相：拿破仑打算在那里种植大麦。

大约就在此时，庄园里发生了一件几乎令每个动物都摸不着头脑的怪事。一天半夜十二点左右，只听院子里传来了一声碰撞发出的巨响，动物们立刻冲出房间去看到底发生了什么事。那是一个月光皎洁的夜晚。在大谷仓写着七诫的那一侧的墙脚，躺着一架断为两截的梯子。斯奎拉趴在梯子旁边，一时间昏迷不醒。他的蹄边放着一盏马灯、一把漆刷，还有一桶打翻的白漆。狗立刻把斯奎拉围到中间，等他刚一

第八章

苏醒,就马上把他护送回农舍。除了本杰明之外,所有的动物都不明白这是怎么回事。本杰明舔舔他的长嘴,好像明白了什么,但又什么也没说。

不过,几天之后,穆里尔自己在看七诫的时候,注意到又有一条戒律大家都记错了。他们一直以为第五条戒律是"任何动物不能饮酒",但是后面还有两个字他们都忘了,那条戒律实际上是:"任何动物不能饮酒过量。"

第九章

布克瑟蹄子上的裂口完全愈合得花很长时间。在庆祝胜利的活动结束后的第二天,重建风车的工作就开始了。布克瑟不肯给自己留哪怕一天的假期,工作时,他尽量不让别的动物看出他的疼痛,并引以为豪。到了晚上,他才会悄悄告诉克莱弗,他的蹄子疼得厉害。克莱弗就用嘴巴嚼好草药,给他敷在蹄子上。她和本杰明都在苦劝布克瑟不要干得那么辛苦。"马的肺不是永不衰竭的。"她对他说。但是布克瑟不听。他说,他这辈子的最后一个心愿就是能够在退休之前把风车的建设扶上正轨。

当初动物庄园在制定法律的时候,规定的退休年龄分别是:马和猪十二岁,牛十四岁,狗九岁,绵羊七岁,鸡和鹅五岁。同时还许诺,退休动物会有养老金。虽然迄今为止还没有一个动物真正退休并领到

第九章

养老金,但最近这个话题被讨论得越来越频繁了。如今果园后面的小牧场已经被留为麦田,因而有传言说大牧场的一角将用篱笆围起来留给年迈的动物做草料场。据说一匹马的养老金是每天五磅谷子,冬天的时候则是每天十五磅牧草,在公共假日会另加一根胡萝卜或者也有可能是一个苹果。布克瑟十二岁的生日就在次年的暮夏时节。

此时的生活十分艰苦。冬天像去年一样冷,食物短缺则更加严重。除了猪和狗之外,所有动物的粮食配额再次减少。斯奎拉解释说,严格的等量配额是与动物主义的原理相悖的。无论在什么情况下,他都可以很轻易地向其他动物证明,不管看起来是怎么样,事实上都并不存在粮食短缺。当然,有必要重新调整一下配额(斯奎拉总是用"调整"这两个字,从来都不说"减少"),但与琼斯时期相比,已经取得了巨大的进步。斯奎拉用他尖细的嗓音快速地读出一大串数字,他用这些具体的数字向大家证明:和琼斯时期相比,他们有了更多的燕麦、更多的牧草、更多的萝卜、更短的工作时间、更好的饮用水质、更长的寿命、更高的新生幼崽存活率,同时,房间里有了更多的草垫,跳蚤也减少了。动物们相信他说的每一句话。说实话,琼斯以及和琼斯相关的一切早已淡出了大家的记忆。他们知道现在的生活异常艰苦,常常饥寒交迫,只要没在睡觉,基本上就是在干活。但无疑过去要更差一些。他们宁愿相信是这样。另外,往日他们是奴隶,现在他们却是自由身;正如斯奎拉也常常说的那样,这一点就足以使过去和现在有天壤之别。

现在又多了许多张要吃饭的嘴。秋天,有四头母猪差不多同时产下幼崽,共添了三十一头小猪。这些小猪的毛色黑白相间,他们的父亲是谁也很容易猜到,因为拿破仑是庄园内唯一的种猪。大家接到通知说,等过些日子买好了砖和木材,就在农舍的花园里给他们盖一座学堂。目前,拿破仑将在农舍的厨房里亲自给这些小猪上课。这些小猪会在花园里做操,同时又被禁止和其他动物的幼仔一起玩耍。大约就在这

第九章

时,又颁布了一项新的规定:当其他动物在路上与猪相遇时,必须避让。此外,无论地位高低,所有的猪都享有星期天在尾巴上佩戴绿色绶带的特权。

庄园又度过了相当美好的一年,但他们的钱还是不够用。他们需要购买修建学堂所需的砖、沙子和石灰,同时为了修建风车,他们也必须攒钱。农舍需要的灯油和蜡烛,拿破仑食用的糖(他禁止其他猪食用糖,原因是吃糖会发胖),以及所有的日常用品如工具、钉子、绳子、煤、电线、铁块和狗饼干,这些也都需要添置。他们卖掉了一堆牧草和一部分土豆收成,鸡蛋的合同也改为每周供应六百枚,这使得母鸡没有足够的蛋去孵小鸡,因而鸡的数目没有办法维持在过去的水平。十二月减少了食物配给,二月份又减少了一次,同时为了省油,动物们的房间内禁止点灯。但是猪过得好像还很舒适,纵然有上述情况,他们的体重事实上还有所增加。二月底的一个下午,一股新鲜浓郁的馋人香味从厨房背后的酿造间中飘了出来,那个酿造间在琼斯时期就废弃不用了。动物们从来没有闻到过这样的香味，有的说这就是煮大麦的气味。他们贪婪地嗅着，心想这可能是在为大家的晚餐准备热气腾腾的大麦糊呢。可等到吃晚饭的时候，并没有看到什么大麦糊。等到星期天，反而接到通知，从今往后，所有的大麦都将预留特供给猪。果园后面的那块地上早已种上了大麦。不久之后又有消息传了出来：每头猪每天可以领到一品脱[①]的啤酒，拿破仑自己则有半加仑之多，并且永远要用皇冠德贝的瓷质汤碗盛给他。

可是，尽管生活充满艰辛，只要他们一想到自己现在活得比以前有尊严，就又觉得这一切都不算什么。歌唱、演讲、列队活动等都增加了。拿破仑已经下令，每周必须举行一次叫作"自发游行"的活动，来赞颂动物庄园付出的努力和取得的成就。到了指定的时间，动物们要放下手里的工作，列队绕着庄园的边界游行一周。猪带队，然后是马、牛、羊，最后是家禽。狗在队伍两侧，拿破仑的黑色小公鸡走在队伍

---

① 品脱，英美制容量单位。

第九章

最前面。布克瑟和克莱弗永远扯着一条绿色横幅，上面画着蹄子和犄角，并写着"拿破仑同志万岁"的标语。随后大家会背诵歌颂拿破仑的诗歌，接着是斯奎拉的演讲，由他向大家发布最新的粮食产量的增长数据。有时还会鸣枪庆祝。绵羊是"自发游行"活动最忠实的拥趸，只要有任何动物抱怨（在猪和狗不在的时候，有些动物会偶尔发发牢骚）说这是浪费时间，说这不过是站在那里受冻，绵羊肯定会高声地咩咩叫"四条腿好，两条腿坏"，顿时就中断了他们的抱怨声。但总体上，动物们还是喜欢这类庆祝活动的。毕竟，这类活动提醒着他们，自己真真切切是这一切的主人，他们所有的工作都是为了自己的切身利益，这让他们感到非常欣慰。于是，在歌声中，在队伍中，在斯奎拉列举的一连串数字中，在雷鸣般的枪声中，在小公鸡的啼叫声中，在飘扬的旗帜中，他们至少可以在短时间内忘记自己还饿着肚子。

四月，动物庄园宣布成立一个共和国，这就有必要选举一位总统了。候选人只有一个，就是拿破仑，于是他全票当选。当天,据传又发现许多新文件,揭露了一些斯诺鲍与琼斯串通的更为具体的细节。现在看来,斯诺鲍不仅仅像他们以前认为的那样,在"牛棚大战"时企图用一些卑鄙的伎俩让他们失败,而且还公然为琼斯而战。事实上,他才是人类真正的头目,参加战斗时嘴里还高呼着"人类万岁"。有些动物仍然记得斯诺鲍背上负过伤,但那实际上是拿破仑咬破的。

仲夏时分,乌鸦摩西在失踪数年之后,突然又出现在庄园里。他基本上没怎么变,仍旧不工作,像往常一样谈论着"糖果山"。谁要愿意听,他就落到一个树桩上,拍打着他黑色的翅膀,一讲就是好几个小时。"在那边,同志们,"他一本正经地说道,并用他长长的嘴尖指着天空,"在那边,就在你们现在看到的那团乌云的背后——那里有座'糖果山'。那是一个幸福的国度,我们这些可怜的动物将在那里永远地安息,彻底不用工作!"他甚至声称,他曾在一次高空飞行中到过那里,并看到那里全年生长的苜蓿,

第九章

篱笆上长满了糖块和亚麻仁饼。许多动物都相信他。他们推想,既然现在忍受着饥饿和劳苦,那么在另一个地方有一个更好的世界不是理所当然的吗?难以判断的是猪对摩西的态度,他们都轻蔑地宣称有关"糖果山"的一切都是谎言,但又允许摩西留在庄园里,不用干活,他每天还能领到一及耳①啤酒作为津贴。

布克瑟蹄子上的伤痊愈后,工作起来就更加卖力了。事实上,在这一年,所有的动物都像奴隶一样工作。除了庄园里的日常工作和重建风车之外,还要给小猪盖学堂。这项工程是三月份动工的。在食不果腹的情况下长时间劳作有时会让动物们感到难以忍受,但布克瑟从不退缩。在他的言行中,没有任何迹象表明他的精力已经不如从前了。只有外貌发生了一点变化:他的皮毛不如以前光洁,庞大的身躯似乎也有点萎缩。其他动物说:"等到春草长出来的时候,布克瑟的体型就会恢复。"但春天到了,布克瑟却依然不见长胖。有时候,在通往风车的山坡上,当他用尽全

---

① 及耳,英美制容量单位,1及耳等于1/4品脱。

身力气拉着那些大石头往上走时，支撑着他的似乎只剩下了他那坚持不懈的意志。这种时候，看他嘴唇的动作，好像在说："我会更加努力工作。"却听不到任何声音。克莱弗和本杰明一再警告他要注意身体，但布克瑟却从不理会。他十二岁的生日就要来了。他什么都不在乎，只求能够在他退休之前积攒足够多的石头。

就在这个夏天的一个深夜，有一个突如其来的消息传遍了整个庄园——布克瑟出事了。此前他曾独自外出，又把一车石头拉到风车那里。真的，这消息是真的。几分钟后两只鸽子疾飞而来，带来消息说：

"布克瑟倒下了！他侧躺在那里，站不起来了！"

庄园里大约有一半动物冲到了风车所在的小山丘上。布克瑟躺在那里，躺在一辆马车的车辕中间，他伸着脖子，抬不起头来，两眼呆滞，全身大汗淋漓。一条血丝从他的嘴里流了出来。克莱弗跪在他的身边：

"布克瑟！"她大喊道，"你怎么了？"

第 九 章

"我的肺,"布克瑟用微弱的声音说道,"不要紧的。我想没有我,你们也能建成这个风车。石头已经攒得足够多了。不管怎么说我也只剩下一个月就要退休了。说实话,我一直渴望退休。本杰明也老了,也许他们会让他也一同退休,和我做个伴。"

"我们得赶紧找个谁来帮忙,"克莱弗说道,"快,谁能跑去给斯奎拉说一声。"

所有其他动物都马上跑回农舍,向斯奎拉报告消息。只有克莱弗和本杰明留了下来。本杰明一言不发地躺在布克瑟身边,用他长长的尾巴替布克瑟驱赶苍蝇。大约过了一刻钟,斯奎拉满怀着同情和挂念来到现场。他说当拿破仑同志得知庄园里最忠实的劳动者遭受此等不幸时,心里非常悲痛,并已经安排布克瑟去威灵登的兽医院就医。动物们对此感到有些不安,因为除了莫丽和斯诺鲍之外,其他动物都没有离开过庄园。把一位生病的同志交到人类手上这种事情,他们都不是很情愿。不过,斯奎拉很快就让他们确信,针对布克瑟目前的状况,威灵登的兽医院可以提供比庄园更好的治疗。又过了大约半小时，布克瑟的身体有所好转，他挣扎着站了起来，一瘸一拐地走回他的房间，克莱弗和本杰明已经在里面给他铺好了一张舒服的稻草床。

随后的两天，布克瑟一直待在他的房间里。猪拿出了一大瓶粉红色的药，那是他们在卫生间的药橱里找到的。克莱弗负责在每次饭后给布克瑟服用，每天两次。每天晚上，克莱弗会躺在布克瑟的房间里和他说话，本杰明则替他驱赶苍蝇。布克瑟说对于所发生的一切他并不后悔。如果他能顺利康复，他希望还能活上三年。他很期待日后能在大牧场的角落里度过一段平静的时光。这样的话，他总算是第一次有空去学习，去提高他的心智了。他说，他打算利用余生去学习字母表上剩下的那二十二个字母。

本杰明和克莱弗只有在收工后才能和布克瑟待在一起，可是，那天一辆大车来把布克瑟运走的时候却是正午时分。当时，动物们正在猪的监督下在萝卜地里除草，他们惊讶地看到本杰明正从庄园房屋的方向

第九章

狂奔而来,一边跑一边扯着脖子大喊。这是他们生平第一次见到本杰明如此激动,事实上,也是第一次看到他狂奔。"快,快!"他大声喊道,"快来啊!他们要把布克瑟带走!"不等那头猪下令,动物们纷纷抛下手里的工作,迅速跑了回去。没错,院子里停着一辆由两匹马拉着的大篷车,车的两旁写着字,还有一个面容狡诈的人坐在驾驶位上,头上戴着一顶低檐的圆顶礼帽。此时布克瑟的房间已经空了。

动物们拥在大篷车周围。"再见,布克瑟!"他们异口同声地叫着,"再见!"

"蠢货!一群蠢货!"本杰明大喊道,一边绕着他们跳,一边用他的小蹄子敲击地面,"蠢货!你们难道没有看到马车上写着什么吗?"

这使得动物们犹豫了一下,场面也顿时安静了下来。穆里尔开始拼读那些单词。但本杰明把她推到一边,在一片死寂中,他念道:

"'阿尔弗雷德·西蒙兹,威灵登的屠马商兼制胶商。供应皮革、狗食骨头、狗舍。'你们看不懂这是什么意思吗?他们要把布克瑟拉到屠马场!"

顿时所有动物都发出一声恐怖的哀嚎。就在这时,那个赶车人抽了一鞭子,他的两匹马便拉着大篷车一路小跑出了院子。所有的动物都紧随其后,拼命叫喊着,克莱弗硬是挤到最前面。车子开始加速,克莱弗试图用她肥胖的四肢赶上去,甚至开始慢跑。"布克瑟!"她喊道,"布克瑟!布克瑟!布克瑟!"就在这时,布克瑟似乎听到了外面的呼喊声,他那鼻子上有一条白纹的脸,出现在了车子背后的小窗子里。

"布克瑟!"克莱弗声嘶力竭地喊道,"布克瑟!出来!快出来!他们要带你去送死!"

所有的动物也跟着大叫起来:"出来!布克瑟,出来!"但那辆大篷车已经加快了速度,离他们而去。他们不确定布克瑟是否真正听懂了克莱弗的话。但是过了一会儿,他的脸在后窗上消失了,接着车内响起一阵马蹄的蹬踏声——他是想踹开车子从里面出来。这要是以前，布克瑟几下就可以把整个车厢踢个粉碎。可是，唉！此时他已经没有力气了。过了一会儿，马蹄的蹬踏声越来越弱，并最终消失了。动物们在绝望之际，开始哀求那两匹拉车的马停下来。"同志，同志！"他们大喊道，"不要拉你的兄弟去送死！"但是那两个愚蠢的畜生，竟然蠢得不知道是怎么回事，他们把耳朵放平，只顾着加速奔跑。布克瑟的脸再也没有出现在后窗上。有动物想赶在马车出门前关上五栅门，但太晚了，大车很快冲出大门，飞快地消失在大路的尽头，再也见不到布克瑟了。

三天后，大家得到消息说，虽然布克瑟受到了一匹马能够享有的最为贴心的照料，但还是在威灵登的兽医院中去世了。这个消息是由斯奎拉宣布的，他说，在布克瑟弥留之际，他一直守候在身旁。

"那是我生平见过的最感人的一幕！"斯奎拉一边说，一边抬起蹄子抹掉一滴眼泪，"在最后一刻，我守候在他的身边。临终前，他虚弱得几乎说不出话来。他凑在我的耳边轻声说，他唯一的遗憾就是在有生之年没有看到风车完工。他轻声告诉我：'前进，同志们！以反抗之名前进。动物庄园万岁！拿破仑同志万岁！拿破仑同志永远正确。'这就是他的临终遗言，同志们。"

说到这儿，斯奎拉神情举止突然变了。他沉默了一会，用他那双小眼射出的怀疑眼神扫视了一下会场，才接着讲下去。

他说，据他所知，在布克瑟被拉走时，有一个愚蠢的、不怀好意的谣传。一些动物注意到拉走他的大篷车上写着"屠马商"的字眼，就随便下结论说布克瑟被拉到了屠马场。斯奎拉说，他不敢相信竟然有这么蠢的动物。"绝对的，"他一边摇摆着尾巴左蹦右跳，一边愤怒地喊道，"他们绝对有必要加深对我们敬爱的领袖拿破仑同志的理解！其实，事情解释起来很简单。那辆车以前的主人是一个屠户，后来兽医院买下了它，只不过他们还没有把旧名字涂掉，这才引起了大家的误会。"

动物们听到这里，已经感到非常宽慰。接着斯奎

第九章

拉绘声绘色地讲述布克瑟临终时的细节：他受到了无微不至的照顾，拿破仑同志也曾不惜一切代价为他支付昂贵的医药费用。当他们听到这些时，最后一丝疑虑也消失了。想到自己的同志在幸福中死去，他们的悲伤也随之消解了。

这周星期天早晨的大会上，拿破仑亲临会场，并诵读了一篇纪念布克瑟的悼词。他说，尽管已经不可能把他们所怀念的同志的遗体埋葬在庄园里，但他已经下令，用农舍花园里的月桂编一个大花圈，送到布克瑟的坟前。几天之后，猪还打算为布克瑟开一个追悼宴会。最后，拿破仑用布克瑟生前最心爱的两句格言结束了他的演讲。他说，每个动物都要以"我会更加努力工作"和"拿破仑同志永远正确"这两句格言自勉，这才是好同志。

到了举行追悼宴会的那天，从威灵登来了一辆食品车，在农舍卸下了一个大木箱。当天晚上，农舍里传出一阵喧闹的歌声，随后好像又传来了激烈的争吵声,吵闹声一直持续到晚上十一点左右,最后在一声打碎玻璃的巨响中戛然而止。第二天中午之前,农舍里没有任何动静。又有传言说,猪不知道从哪里搞到了一些钱,用这些钱又买了一箱威士忌。

第十章

几年过去了。在季节轮替中,寿命较短的动物相继死去。如今,除了克莱弗、本杰明、乌鸦摩西和一些猪之外,没有谁还记得起义之前的日子。

穆里尔死了,布鲁贝尔、杰西、品彻都死了。琼斯也死了,他死在了该郡的另一个地方,一个收留酒鬼的房子里。斯诺鲍被大家遗忘了,布克瑟也被大家遗忘了,当然除了那几个之前与他熟识的动物。克莱弗也成了一匹体态臃肿的老母马,她骨节僵硬,眼里还常常带着一团眼屎。她已经超过退休年龄两岁了,但事实上,从来没有一个动物真正退休过。把大牧场的一角划给年迈的动物养老这种说法也早就没谁再提了。如今拿破仑已经长成了一头三百多磅的成年壮猪。斯奎拉胖得眼睛眯成了一条缝,睁眼看东西都有些困难。只有老本杰明还是老样子,就是嘴巴周围的

第十章

毛色变得苍白了一些，还有就是自从布克瑟死后，他变得更加忧郁、更加寡言了。

庄园里新添了不少动物，不过增长的数目不如早些年预期的那么大。许多动物出生在庄园，对于他们来说起义的故事不过是个模模糊糊的口头传说而已。还有一些动物是从别的地方买来的，在他们来之前，从未听说过起义的事。除了克莱弗之外，庄园里现在还有三匹马。他们都是好同志，诚实正直，勤于工作，但就是太笨了。他们当中没有一个能够学会字母表中"B"以后的字母。关于起义的故事和动物主义的原则，只要讲给他们听，他们就全盘接受，尤其是克莱弗讲给他们听的时候——对于克莱弗，他们都有着一种近乎孝顺的尊敬。但他们究竟能否理解克莱弗所说的这一切，就很值得怀疑了。

现在庄园更加繁荣，组织也更加有序：甚至还添置了两块地，这两块地是从皮尔金顿先生那里买来的。风车最终也成功地建成了，庄园也有了自己的脱粒机和草料升降机，另外庄园还添了不少各式各样的新建筑。温伯尔也为自己买了一辆轻便的双轮马车。然而，风车却没有用来发电，而是用来碾谷子，这也为庄园增加了不少利润。不过，动物们又开始为修建另外一座风车而忙碌，据说等这座风车完工，就会安装发电机。但是，像当年斯诺鲍谈论过的，梦想中那享不尽的舒适，带着电灯和冷热水的房间，一周三天的工作制，如今却不再被提起了。拿破仑早就斥责这种想法与动物主义的精神相悖。他说，最最真实的幸福在于勤奋的工作和朴素的生活。

不管怎样，庄园看上去要比以前富裕，尽管动物们自己一点也不觉得他们变得富裕了，当然猪和狗除外。也许部分原因是猪和狗都太多了吧。这两种动物并不是不工作，而只是用他们自己的方式从事劳动。正如斯奎拉一直都毫不厌倦地解释的那个样子，在庄园的组织和监管方面，他们有着无穷无尽的工作。有很多这些方面的工作是别的动物做不了的，因为他们太笨了，理解不了工作内容。例如，斯奎拉曾和他们说过，猪每天都要把大量的精力花在诸如"档

第十章

案""报告""会议记录"和"备忘录"这样一些神秘的事情上。这些文件都写在很大的纸上,填写起来要非常仔细,但一旦写完,就要扔到炉子里焚毁。"这些对于庄园的福利来说是最为重要的事情。"斯奎拉说道。但无论是猪还是狗,都没有亲自生产过一粒粮食,而他们的数目却又总是那么多,胃口也一直都很好。

至于其他动物的生活,就他们目前所知,还是和往常一样。他们经常挨饿,睡的还是草垫,喝的还是池塘里的水,仍然在田间劳作。冬天他们要忍受严寒,夏天还要遭受苍蝇的侵扰。有些时候,一些年长的动物会竭尽全力在他们模糊的记忆中搜寻一些信息,想要确定到底是起义之初,也就是刚赶走琼斯的时候过得好一些,还是现在过得好一些。但他们什么都想不起来。没有任何东西可以拿来与当前的生活相比较,除了斯奎拉列出的数据之外,而斯奎拉的数据永远表明一切都在越变越好。动物们觉得这个问题搞不清楚,不过他们现在也很少有时间去推敲这个问题。只有老本杰明声称他记得自己漫长的一生中的每一个细节；他觉得事物从来没有，也永远不会变得更好或更坏——饥饿、艰辛和失望，就是生活永恒不变的规律。

不过，动物们从来没有放弃希望。确切地讲，他们从来都没有——哪怕只是短短一刻——失去自己作为动物庄园一员的那种自豪感和优越感。他们的庄园仍然是整个国家——整个英格兰王国中——唯一一所由动物所有、动物经营的庄园。庄园里所有的成员，就连最年轻的，甚至还有从一二十英里[①]外的庄园购买来的新成员，他们无不为此满怀欣喜。尤其当他们听到枪鸣声，看到旗杆上绿旗飘扬时，心中更是充满了难以抑制的豪情，此时他们的话题也会转向那史诗般的岁月：他们如何赶走琼斯，怎样题写七诫，以及在大战中如何击退人类侵略者。旧日的梦想也从未被丢弃。当年麦哲预言的那个"动物共和国"，那个整个英格兰的田野不再被人类践踏的时代，依然为大家

---

① 英里，英美制长度单位，1英里等于5280英尺，约合1.6千米。

所坚信。那一天一定会到来,也许不会马上到来,也许现在活着的任何动物在有生之年都无法见证这一时刻,但那一天终将到来。甚至《英格兰兽》的调子也说不定还在被偷偷哼唱:不管怎样,庄园里每个动物其实都记得它,只是没有一个敢放声唱出来。也许他们活得很艰辛,也许他们的希望并没有完全实现,但是他们明白,他们和其他动物不一样。如果他们食不果腹,也不会是因为他们用食物供养人类;如果说他们工作太辛苦,那么他们至少是在为自己而辛苦。他们中间,谁也不用两条腿走路,也没有哪个动物称呼另一个动物"主人"。所有动物一律平等。

初夏的一天,斯奎拉命令所有的绵羊都跟他出去,斯奎拉把他们领到了庄园的另一端,那是一块长满桦树苗的荒地。在斯奎拉的监督下,绵羊在那里吃了整整一天树叶。晚上,斯奎拉独自回了农舍,但他告诉绵羊说,既然天气暖和了,他们就待在那里吧。他们在那里整整待了一个星期。在此期间,其他动物没有谁见过他们。每天大部分时间里,斯奎拉都和他们待在一起。他说，他正在教他们唱一首新歌，需要一个与世隔绝的地方。

　　绵羊回来后不久，在一个宜人的傍晚，动物们刚刚收工，正准备回房的时候，突然听到院子里传来一声凄厉的马嘶。动物们吓了一跳，全都停下了脚步。那是克莱弗的声音。她又嘶鸣了一声，于是所有的动物都冲到了院子里。然后他们就看到了克莱弗看到的场景。

　　一头猪正在用他的两条后腿行走。

　　是的，那是斯奎拉。他还有点笨拙，好像还不太习惯以那种姿势去支撑他肥胖的身躯，但却能很好地掌握平衡了，他正在院子里散步。不一会儿，从农舍的门中又走出一长队的猪，他们全都用后腿直立行走。有几头猪走得要好一些，还有一两头猪有点站不稳，似乎很需要一根拐杖。不过每头猪都成功地绕院子走着。最后，在一阵异常响亮的狗吠声和黑色小公鸡尖细的啼叫声中，拿破仑亲自走了出来，他威严地直立着，用一种傲慢的目光四下扫视。他的狗则在他

第十章

周围左蹦右跳。

他的蹄子中间夹着一根鞭子。

一片死寂。看着那一队猪绕着院子缓缓行走，动物们惊恐地挤做一团，仿佛天塌了下来。过了一会儿，他们从最初的震惊中回过神来，此时他们无暇顾及别的一切——无暇顾及对狗的恐惧，也无暇顾及多年来养成的，无论发生什么事，永不抱怨、永不批评的习惯——他们要抗议。但就在这时，像是得到了一个信号一般，所有的绵羊突然爆发出一阵高声的咩叫：

"四条腿好，两条腿更好！四条腿好，两条腿更好！四条腿好，两条腿更好！"

咩叫声持续了五分钟之久。等绵羊安静下来，抗议的机会已经没有了，因为猪已经列队走回了农舍。

本杰明感觉一个鼻子在他肩头上蹭着。他回头一看，是克莱弗。她那两只衰老的眼睛看上去更加黯淡无神了。她没说一句话，只是轻轻拽着他的鬃毛，把他拉到大谷仓的侧墙，就是题写七诫的地方。他们站在那里凝视着写着白色文字的黑焦油墙，看了足有一两分钟。

"我的视力衰退了。"她终于说道，"就算是我年轻的时候，我也不认识上面写的是什么。不过我觉得那面墙看上去不太一样了。七诫还是像往常一样吗，本杰明？"

本杰明第一次愿意破例把墙上的文字读给她听。如今那面墙上只有一条简单的戒律，除此之外，别无其他。上面写的是：

所有动物一律平等，
但有些动物比其他动物
更加平等。

读过这个之后，当他们第二天看到所有的猪在庄园里督工时蹄子上都夹着一根鞭子时，也不觉得奇怪了。当他们得知猪给他们自己买了一台无线电收音机，并正打算安装一部电话，还订阅了《约翰牛》

第十章

《趣闻集萃》《每日镜报》之类的报刊时,也不觉得奇怪了。当他们看到拿破仑在农舍花园里散步时叼着一只烟斗,甚至当猪把琼斯先生落在衣柜里的衣服拿出来穿在自己身上时,也不觉得有什么奇怪了。如今拿破仑身着一件黑色大衣,下身穿着一条打猎用的马裤,还绑着皮绑腿,而他宠爱的一头母猪则穿着琼斯太太过去常常在周日穿的一件波纹绸长裙。

一周之后的一个下午,庄园里来了许多双轮马车。邻近庄园的一些代表应邀来观光视察。他们参观了整个庄园,对庄园里所有的事物都赞叹不已,尤其是当他们看到风车的时候。当时动物们正在萝卜地里除草,他们都在认真地工作,几乎从不抬头看一眼。他们自己也搞不清他们到底是更怕猪,还是更怕人。

那天晚上,农舍中传出了一阵欢歌笑语。听到这种混合的声音,动物们突然产生了强烈的好奇心。这是第一次动物和人平等的聚会,里面会发生什么事情呢?于是他们一起悄悄爬向农舍的花园。

在花园的门口,他们停住了脚步,大概是因为害怕而不敢前行，但克莱弗带头走了进去。他们踮着蹄子走到房子旁边，一些个头够高的动物从餐厅的窗户向里窥视。六个庄园主和六头最有声望的猪坐在屋子里的长桌周围，拿破仑坐了首席。猪坐在椅子上，感觉没有丝毫不适。他们正在一起玩纸牌，但中间暂停了一会儿，显然是准备祝酒。一个很大的酒壶在他们当中传递，杯子里重新添满了啤酒。没有谁注意到窗外正有许多惊诧的面孔注视着他们。

福克斯伍德庄园的皮尔金顿先生站了起来，手里正举着一杯啤酒。他说，一会儿他要请在座各位一起干杯，但干杯之前，他想先说几句话。

他说，这对他来说是一件非常欣慰的事情，并且他敢说，对在座各位来说也是如此，因为长久以来的猜疑和误会现在已经终结了。曾经有一段时间，无论是他还是在座的各位都没有今天这样的感觉，的确有一段时间，尊敬的动物庄园的主人曾受到邻近的人类的关注，但与其说那是敌意，不如说那只是某种误会。曾经发生过不幸的事件，也流传过错误的观点。

第十章

一个由猪拥有并经营的庄园听上去多少有些不太正常,很容易让人觉得靠不住,并有可能给邻近的庄园带来一些骚扰。于是许多庄园主就草率地断言,在这样的庄园里,一定充斥着散漫放肆的风气。他们担心这会影响他们自己的动物,或者他们的雇工。但所有的疑虑现在都已消解。今天,他和他的朋友们参观了动物庄园,亲眼看过了动物庄园的每一英寸土地。他们发现了什么?这里不仅有与时俱进的生产方式,而且纪律严明,井然有序,这是所有庄园主都应该效仿的典范。他相信他的判断没错:动物庄园里所有的下等动物比全郡任何动物干得都更多,吃得都更少。事实上,他和其他到访者今天看到了很多独具特色的地方,他们打算马上把这些东西引进他们各自的庄园。

在结束讲话之前,他再次强调动物庄园与它的邻居之间已经建立并且应该建立友好关系。在猪和人之间不存在,也不应该存在任何利益冲突。他们奋斗的目标和遇到的困难不都一样嘛。劳工问题处处不都是相同的吗？讲到这里，皮尔金顿先生显然打算说一句精心准备的俏皮话，但话还没出口，自己就有点乐不可支，以至于一时语塞。他笑了很久，下巴都憋得发紫了，才勉强说出一句："如果说你们有你们的下层动物要对付……"他接着说："那么我们也有我们的下层阶级要对付！"这句意味深长的妙语惹得众人哄堂大笑。皮尔金顿先生再次为他在动物庄园所见到的食物配给少，劳动时间长，并能保持艰苦朴素作风的这些现象向猪表示祝贺。

最后他说："现在，请在座各位起立，把酒都满上。""先生们，"皮尔金顿说出了他的结语，"先生们，我敬你们一杯：愿动物庄园繁荣昌盛！"

房间内响起了一阵热烈的喝彩声和跺脚声。拿破仑非常开心，他离开了座位，绕着桌子走到皮尔金顿这边和他碰杯，然后才把酒干了。喝彩声刚停下，用后腿直立的拿破仑示意，他也有几句话要说。

这次讲话像拿破仑所有的演讲一样简洁有力。他说，他也为误解的终结而感到高兴。长期以来，一

第十章

直有谣言说他和他的同行之间是一种颠覆和背叛的关系，但这肯定是一小撮别有用心的仇敌散布的。过去很多人误以为他们企图煽动邻近庄园的动物造反。但是，任何谎言都掩盖不了真相！无论过去还是现在，他们唯一的期望就是能与邻近的庄园和平共处，并保持正常的贸易往来。另外他补充道，他有幸管辖的这个庄园仍然是合作经营的。他手里的那张地契其实要归全体的猪共同所有。

他说，他相信已经不存在任何猜疑了，但是最近要对动物庄园的惯例做一些修改，这将进一步促进他们彼此之间的信任。此前动物庄园有一个愚蠢的习惯，就是互相称呼对方为"同志"。这个习惯将被废止。还有一个不知怎么产生的奇怪习惯，就是在每个星期天早晨都要列队经过花园里一个被钉在柱子上的公猪颅骨。这也将废止，而且颅骨也已经被埋了。他的来宾也许已经看到了，旗杆上现在飘扬着一面绿旗。如果真的看到了的话，也许会注意到之前画在旗子上的白色蹄子和犄角现在已经没有了。从今往后，它将是一面纯绿色的旗。

他说,对于皮尔金顿先生刚才那篇精彩而友好的演讲,他只有一点小小的意见,那就是皮尔金顿先生一直在用"动物庄园"这个名字。他当然不知道——因为这也是拿破仑第一次公布——"动物庄园"这个名字已经作废。今后动物庄园将被称作"曼娜庄园",拿破仑相信,这不仅是它本来的名字,也是它正确的称呼。

"先生们,"拿破仑总结道,"我想再次请大家举起酒杯,不过这一次我将换一种说法。把你们的酒满上。先生们,这次的祝酒词是:愿曼娜庄园繁荣昌盛!"

房间里又响起了一阵和刚才一样的喝彩声,大家举杯一饮而尽。但在窗外注视着这一切的动物却觉得有一些怪事正在发生。这些猪的脸都在发生着什么变化呢?克莱弗老眼昏花,她的目光在这些猪的脸上挨个扫过。他们有的有五个下巴,有的有四个下巴,还有的有三个下巴。但似乎有什么东西在消融,在改

第十章

变，到底是什么呢？随后，喝彩声结束，他们又拿起纸牌，继续刚才的游戏，动物们也就悄悄地离开了。

但是他们还没有走出二十码，就突然停了下来。农舍中传出一阵喧哗。于是他们又跑了回去，站在窗子旁边往里看。是的，里面正在激烈地争吵。有的在咆哮，有的在拍桌子，有的射出猜忌的锐利目光，有的在愤怒地矢口否认。争吵的原因似乎是拿破仑和皮尔金顿先生各自同时打出了一张黑桃A。

十二个嗓门同时在咆哮，看上去全都是一个样子。于是也就不用再思索猪的脸究竟发生了什么样的变化了。窗外的动物看看猪，再看看人，然后再看看猪：但他们已经无法辨别哪个是猪，哪个是人了。

1943年11月—1944年2月

译后记

第一次看《动物庄园》这本书还是在初中的时候。当时并不能完全理解书中的政治隐喻，但还是被小说荒诞的故事情节迷住了。我清晰地记得有一次班主任让我们搜集名言警句，我随手写了一句，"所有动物一律平等，但有些动物比其他动物更加平等"，结果全班同学看了都不知所云。

上了高中以后，对这本书有了更深刻的理解，同时开始在全班范围内推荐这本书。遗憾的是，当时班上所有同学判断一本书是否值得一读的标准是是否对高考有帮助，于是尽管在听完我介绍之后，大家对此书都表现出浓厚的兴趣，但最终基本上没有人看。当时语文老师还让我们续写名著练笔，我就续写了《动物庄园》，结果他的评价是"没有看过《动物庄园》，像这样小众的书籍不推荐续写，哪怕要续写，

译后记

也应该对前面的情节有所交代"。这件事让我大吃一惊:我想《动物庄园》在西方世界的影响力排行榜中如果说排不进前十位,那么也至少在前二十之列,而这位语文老师在我们整个高中也算是最博学的一位。我甚至想亲自去办公室给他推荐一下这本书,不过想了想高考是指挥棒,也就作罢了。

2008年,在上大学期间,我有幸看到了这本书的英文原版。当时自己的英语水平很差,考虑到兴趣可能是学习的一个重要动力,于是就开始以学习为目的翻译这本书。当时只译了前两章,译文质量很差,一些英文俚语习语常常翻译错。到了2009年,英文阅读水平稍有起色,陆续又译了三、四两章。同时想到自己翻译文章既然是为了学习,不如发到网上让大家批评指正,于是就放到了当时刚刚兴起的翻译网站译言。非常感谢译言网的网友指出了我不少翻译错误。后来因为学习和工作的原因,这本书也就没有再接着译下去。

2010年,我阴差阳错地成了一名GRE教师。GRE

作为北美研究生入学考试，题目会涉及很多英美文化概念，其中不乏一些政治学概念。在教学过程中我发现，大部分学生只要不是学相关专业的，在政治、经济、法律、艺术等方面就会存在常识性的欠缺。因此某些相关概念解释起来非常费劲，但我注意到乔治·奥威尔的两本小说（本书和《1984》）很具体形象地描述了一些相关概念，于是就经常在课堂上推荐这两本书，有时也会选择书中的一些事例来讲解相关概念。有些同学课后注意到我的博客上有我自己翻译的《动物庄园》前四章，就用微博或者邮件询问我什么时候能翻译完。我一般都回复说，翻译这本书纯粹出于兴趣，得等到时间比较宽裕的时候才会继续翻译。同时我会推荐一些其他人的译本。但令我惊讶的是，有些朋友会再次回复，说我的翻译要比我推荐的译本更好。这是我没有想到的。

于是我找来两三部经典译本，与自己的译本对照了一下。我发现最大的差别是，我的译本更贴近当下汉语的使用习惯。一些老译本毕竟年代久远，难免会

译后记

出现一些生涩的表达。这无疑又成了我继续翻译此书的动力。

2012年,我辞职准备留学,日子稍微清闲了一点,就想起了这本书。做了两年多出国留学考试培训教师,我的英语水平与以前相比有了大幅提高,我对翻译也更加有信心了。于是我重新把前四章修订了一遍,又一鼓作气译完了后面的六章。

可以说,这本书与我有着不解的渊源。

还有一点要说明的是,书的标题英文原文是Animal Farm,译成中文一般有三种译法,分别是"动物农场""动物农庄""动物庄园"。我一开始将它翻译为"动物庄园"纯粹是因为自己看的第一个版本就是这个译名,后来我认真思考了一下,觉得"动物农场"和"动物农庄"似乎更合适一些,但读来读去还是喜欢"动物庄园"这个译名,于是也就没改成其他译名,权且当作是译者的一种特权吧。

最后,我想感谢每一个能让此书纸质版得以顺利出版的人，尤其是译言古登堡计划和华中科技大学出版社的老师们。如前面所说，乔治·奥威尔的《动物庄园》虽然在英文世界享有盛誉，但国内的不少朋友对其人其书所知实在不多，出版他的书甚至不能算是一件在经济上非常划算的事情，因此也就需要格外的勇气和魄力。但我相信，每一个阅读乔治·奥威尔作品的人都会同意——这样的付出物超所值。

郝海龙

2015年8月31日